一本

新日檢

N5

滿分單字書

麥美弘 著 ／ 佐藤美帆 審訂

新日檢N5單字就靠這一本！得心應手，輕鬆滿分！

U0066562

從「背單字」來奠定「新日檢」的「滿分」應考實力

同樣一句日語，可以有各種不同的說法，有時只要改變其中的「動詞」，就可以讓同樣的一句話，呈現出不同的表現與難易度，這就是語言學習上最活潑有趣的地方。

以「從事農業的人變少了。」這個句子為例：

在新日檢 N3 的級別中，它是「農業をしている人は少なくなった。」；但在新日檢 N1 的級別中，它可以說成「農業に従事している人は少なくなった。」；或是「農業に携わっている人は少なくなった。」。

像這樣，隨著不同級別的單字數逐漸累積，讀者們也能逐漸感受到自己日語表現的進步與成長。

本《新日檢滿分單字書》系列書，有八大特色：

（1）讓每個單字出現在相對應的級別；如果一個單字有出現在不同級別的可能性，我們選擇讓它出現在較基礎的級別（如新日檢 N5、N4都有可能考，我們就讓它出現在 N5）。

（2）除了單字以外，連例句也盡量使用相同級別的單字來造句，以 N5 的句子為例：「弟は 音楽を 聞きながら、本を 読みます。」（弟弟一邊聽音樂，一邊看書。），句中所選用的單字，如「名詞」弟（弟弟）、音楽（音樂）、本（書）；「動詞」聞く（聽）、読む（看）；以及「接續助詞」ながら（一邊～，一邊～），都是新日檢 N5 的單字範圍，之所以這樣煞費苦心的挑選，就是希望應考者能夠掌握該級別必學的單字，而且學得得心應手。

（3）在「分類」上，先採用「詞性」來分類，再以「五十音」的順序排列，讓讀者方便查詢。

（4）在「文體」上，為了讀者學習的方便，在 N5、N4 中，以「美化體」呈現；在 N3 中，以「美化體與常體混搭」的方式呈現；在 N2、N1 中，則以「常體」呈現。

（5）在「重音標記」上，參照「大辭林（日本「三省堂」出版）」來標示，並參考現實生活中東京的實際發音，微幅調整。

（6）在「漢字標記」上，參照「大辭林（日本「三省堂」出版）」來標示，並參考現實生活中的實際使用情形，略作刪減。

（7）在「自他動詞標記」上，參照「標準国語辞典（日本「旺文社」出版）」來標示。

（8）最後將每個單字，依據「實際使用頻率」來標示三顆星、兩顆星、一顆星，與零顆星的「星號」，星號越多的越常用，提供讀者作為參考。

在 N5 中，總共收錄了 849 個單字，其分布如下：

分類	單字數	百分比
5-1 名詞・代名詞	390	45.94%
5-2 形容詞	68	8.01%
5-3 形容動詞	34	4.00%
5-4 動詞・補助動詞	170	20.02%
5-5 副詞・副助詞	68	8.01%
5-6 接頭語・接尾語	51	6.01%
5-7 其他	68	8.01%

從以上的比率可以看出，只要依據詞性的分類，就能掌握單字學習與背誦的重點，如此一來，背單字將不再是一件難事。最後，衷心希望讀者們能藉由本書，輕鬆奠定「新日檢」的應考實力，祝福大家一次到位，滿分過關！

李美弘

戰勝新日檢，掌握日語關鍵能力

元氣日語編輯小組

　　日本語能力測驗（日本語能力試験）是由「日本國際教育支援協會」及「日本國際交流基金會」，在日本及世界各地為日語學習者測試其日語能力的測驗。自1984年開辦，迄今超過30年，每年報考人數節節升高，是世界上規模最大、也最具公信力的日語考試。

✳ 新日檢是什麼？

　　近年來，除了一般學習日語的學生之外，更有許多社會人士，為了在日本生活、就業、工作晉升等各種不同理由，參加日本語能力測驗。同時，日本語能力測驗實行30多年來，語言教育學、測驗理論等的變遷，漸有改革提案及建言。在許多專家的縝密研擬之下，自2010年起實施新制日本語能力測驗（以下簡稱新日檢），滿足各層面的日語檢定需求。

　　除了日語相關知識之外，新日檢更重視「活用日語」的能力，因此特別在題目中加重溝通能力的測驗。目前執行的新日檢為5級制（N1、N2、N3、N4、N5），新制的「N」除了代表「日語（Nihongo）」，也代表「新（New）」。

✳ 新日檢N5的考試科目有什麼？

　　新日檢N5的考試科目，分為「言語知識（文字・語彙）」、「言語知識（文法）・讀解」與「聽解」三科考試，計分則為「言語知識（文字・語彙・文法）・讀解」120分，「聽解」60分，總分180分，並設立各科基本分數標準，也就是總分須通過合格分數（＝通過標準）之外，各

科也須達到一定成績（＝通過門檻），如果總分達到合格分數，但有一科成績未達到通過門檻，亦不算是合格。各級之總分通過標準及各分科成績通過門檻請見下表。

N5總分通過標準及各分科成績通過門檻			
總分通過標準	得分範圍	0~180	
	通過標準	80	
分科成績通過門檻	言語知識（文字・語彙・文法）・讀解	得分範圍	0~120
		通過門檻	38
	聽解	得分範圍	0~60
		通過門檻	19

從上表得知，考生必須總分超過 80 分，同時「言語知識（文字・語彙・文法）・讀解」不得低於 38 分、「聽解」不得低於 19 分，方能取得 N5 合格證書。

此外，根據官方新發表的內容，新日檢N5合格的目標，是希望考生能完全理解基礎日語。

新日檢N5程度標準		
新日檢 N5	閱讀（讀解）	・理解日常生活中以平假名、片假名或是漢字等書寫的語句或文章。
	聽力（聽解）	・在教室、身邊環境等日常生活中會遇到的場合下，透過慢速、簡短的對話，即能聽取必要的資訊。

✳ 新日檢N5的考題有什麼（新舊比較）？

從2020年度第2回（12月）測驗起，新日檢N5測驗時間及試題題數基準進行部分變更，考試內容整理如下表所示：

考試科目			題型		題數		考試時間	
			大題	內容	舊制	新制	舊制	新制
言語知識（文字・語彙）	文字・語彙	1	漢字讀音	選擇漢字的讀音	12	7	25分鐘	20分鐘
		2	表記	選擇適當的漢字	8	5		
		3	文脈規定	根據句子選擇正確的單字意思	10	6		
		4	近義詞	選擇與題目意思最接近的單字	5	3		
言語知識（文法）・讀解	文法	1	文法1（判斷文法形式）	選擇正確句型	16	9	50分鐘	40分鐘
		2	文法2（組合文句）	句子重組（排序）	5	4		
		3	文章文法	文章中的填空（克漏字），根據文脈，選出適當的語彙或句型	5	4		
	讀解	4	內容理解（短文）	閱讀題目（包含學習、生活、工作等各式話題，約80字的文章），測驗是否理解其內容	3	2		
		5	內容理解（中文）	閱讀題目（日常話題、場合等題材，約250字的文章），測驗是否理解其因果關係或關鍵字	2	2		
		6	資訊檢索	閱讀題目（廣告、傳單等，約250字），測驗是否能找出必要的資訊	1	1		

考試科目	題型			題數		考試時間	
	大題	內容		舊制	新制	舊制	新制
聽解	1	課題理解	聽取具體的資訊,選擇適當的答案,測驗是否理解接下來該做的動作	7	7	30分鐘	30分鐘
	2	重點理解	先提示問題,再聽取內容並選擇正確的答案,測驗是否能掌握對話的重點	6	6		
	3	說話表現	邊看圖邊聽說明,選擇適當的話語	5	5		
	4	即時應答	聽取單方提問或會話,選擇適當的回答	6	6		

其他關於新日檢的各項改革資訊,可逕查閱「日本語能力試驗」官方網站http://www.jlpt.jp/。

✳ 台灣地區新日檢相關考試訊息

測驗日期:每年七月及十二月第一個星期日

測驗級數及時間:N1、N2 在下午舉行;N3、N4、N5 在上午舉行

測驗地點:台北、桃園、台中、高雄

報名時間:第一回約於三～四月左右,第二回約於八～九月左右

實施機構:財團法人語言訓練測驗中心

　　　　　(02) 2365-5050

　　　　　http://www.lttc.ntu.edu.tw/JLPT.htm

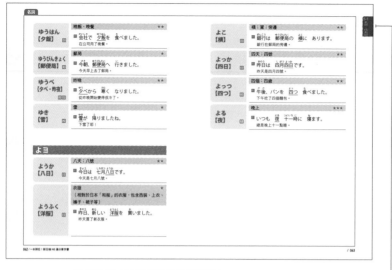

STEP.1　依詞性分類索引學習

本書採用「詞性」分類，分成七大單元，按右側索引
可搜尋想要學習的詞性，每個詞性內的單字，均依照
五十音順序條列，學習清晰明確。

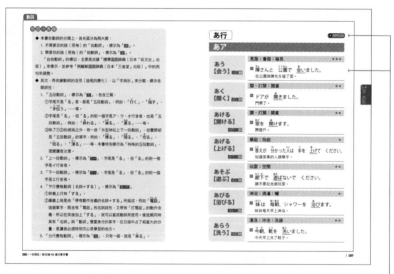

STEP.2　單字背誦、例句練習、音檔複習

先學習單字的發音及重音，全書的重音參照「**大辞林（**日本
「**三省堂」出版）**」，並參考現實生活中東京實際發音微幅
調整，輔以例句練習，最後可掃描封面 QR Code，聽聽日籍
老師親錄標準日語音檔，一起跟著唸。

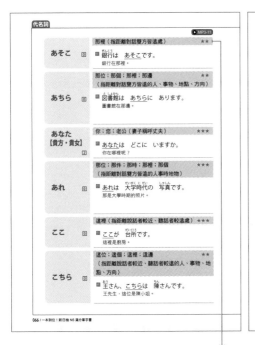

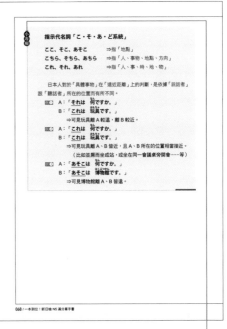

STEP.3 依照星號區分重要度

每個單字均根據「實際使用頻率」，也就是「實際考試易考度」來標示「星號」。依照使用頻率的高低，而有三顆星、兩顆星、一顆星，與零顆星的區別，提供讀者作為參考。

STEP.4 小專欄學習貼心提醒

每個單元附上小專欄，針對容易混淆的單字與觀念加強解說，貼心提醒。

如何掃描 QR Code 下載音檔

1. 以手機內建的相機或是掃描 QR Code 的 App 掃描封面的 QR Code。
2. 點選「雲端硬碟」的連結之後，進入音檔清單畫面，接著點選畫面右上角的「三個點」。
3. 點選「新增至「已加星號」專區」一欄，星星即會變成黃色或黑色，代表加入成功。
4. 開啟電腦，打開您的「雲端硬碟」網頁，點選左側欄位的「已加星號」。
5. 選擇該音檔資料夾，點滑鼠右鍵，選擇「下載」，即可將音檔存入電腦。

5-1
名詞・
代名詞

　　新日檢 N5 當中，「名詞 · 代名詞」出現的比例最高，占了 51.38%，從一般人際關係的稱謂，到居家生活中觸目可見的名詞，都是基礎必考單字。尤其「代名詞」不可小覷，象徵人事時地物的「これ、それ、あれ」；指示人、事物、地點、方向的「こちら、そちら、あちら」；以及表示地點的「ここ、そこ、あそこ」……等，都非常重要，務求能靈活運用。

あ行

▶ MP3-01

あア

あき 【秋】 ①	秋天；秋季 ★★
	例 秋は 涼しいです。 秋天很涼爽。

あさ 【朝】 ①	早上；早晨 ★★★
	例 私は 朝 六時に 起きます。 我早上六點起床。

あさごはん 【朝御飯】 ③	早飯，早餐 ★★
	例 家で 朝ご飯を 食べました。 在家吃了早餐。

あさって 【明後日】 ②	後天 ★★
	例 姉は 明後日 病院へ 行きます。 姊姊後天要去醫院。

あし 【足】 ②	腳；（東西）的腿 ★★
	例 彼女は 足が 長いです。 她的腿很長。

あした 【明日】 ③	明天 ★★★
	例 明日も いい 天気ですね。 明天也是好天氣呦！

あたま 【頭】 ③②	頭；頭腦；頂端 ★★
	例 彼は 頭が とても いいです。 他的頭腦非常好。

あと 【後】 ①	（時間、地點或順序上）之後 ★★★ 例 シャワーを 浴びた後で、晩ご飯を 食べます。 淋浴之後吃晚餐。
あに 【兄】 ①	①自己的哥哥 ②「お兄さん」表示「對方的哥哥」 ★★ 例 ①兄は 留学生です。 哥哥是留學生。 ②お兄さんは 何歳ですか。 你哥哥幾歲呢？
あね 【姉】 ⓪①	①自己的姊姊 ②「お姉さん」表示「對方的姊姊」 ★★ 例 ①姉は 医者です。 姊姊是醫生。 ②お姉さんは 小学校の 先生ですか。 你姊姊是國小老師嗎？
アパート 【apartment】 ②	公寓 ★ 例 彼女は 一人で アパートに 住んで います。 她一個人住在公寓。
あめ 【雨】 ①	雨；雨天；下雨 ★★★ 例 昨日は 雨でした。 昨天是雨天。

いイ

いえ 【家】 2	房屋；家庭 　　　★★★ 例 綺麗な 家ですね。 真漂亮的房子啊！
いけ 【池】 2	池塘，水池 例 庭に 池が あります。 院子裡有水池。
いしゃ 【医者】 0	醫生 　　　★★ 例 私は 医者に なりたいです。 我想當醫生。
いす 【椅子】 0	椅子 　　　★ 例 どんな 椅子が 好きですか。 喜歡怎樣的椅子呢？
いち 【一】 2	一；第一；最好 　　　★★★ 例 一 足す 二は 三です。 一加二是三。
いちにち 【一日】 4	一天；一整天 　　　★★ 例 今日は 楽しい 一日でした。 今天是開心的一天。
いつか 【五日】 0 3	五天；五號 　　　★★ 例 今日は 三月五日です。 今天是三月五號。

いっしょ【一緒】 0

一樣；一起 ★★★

例 私の 考えも 陳さんと 一緒です。

我的想法也和陳先生一樣。

いつつ【五つ】 2

五；五個；五歲 ★

例 りんごを 五つ 買いました。

買了五顆蘋果。

いぬ【犬】 2

狗 ★

例 犬が 嫌いですか。

討厭狗嗎？

いま【今】 1

現在；馬上；剛剛 ★★★

例 今、行きますよ。

馬上去喔！

いみ【意味】 1

意思；意義 ★★★

例 この 漢字の 意味は 何ですか。

這漢字是什麼意思呢？

いもうと【妹】 4

①自己的妹妹
②「妹さん」表示「對方的妹妹」 ★★

例 ①私の 妹は 可愛いです。

我妹妹很可愛。

②妹さんは 可愛いです。

你妹妹很可愛。

いりぐち【入り口・入口】 0

入口；門口 ★

例 入り口は どこですか。

入口在哪裡呢？

いろ【色】 ②	顔色 ★
	例 どんな 色が 好きですか。
	喜歡什麼顏色呢？

いわ【岩】 ②	岩石
	例 あそこに 岩が あります。
	那裡有岩石。

うウ

うえ【上】 ⓪	上面；高處 ★★★
	例 机の 上に 本が あります。
	桌子上有書。

うしろ【後ろ】 ⓪	後面，後方；背面 ★★★
	例 朱さんの 後ろに 座って いるのは 誰ですか。
	坐在朱小姐後面的是誰呢？

うた【歌】 ②	歌，歌曲
	例 カラオケで 歌を 歌うことが 好きです。
	喜歡在卡拉 OK 唱歌。

うち【家】 ⓪	家；家庭；房子 ★★★
	例 お家は どこですか。
	你家在哪裡呢？

うみ【海】 ①	海，海洋 ★
	例 海が 見えますか。
	看得見海嗎？

うわぎ
【上着】 ⓪

上衣；外衣 ★

例 綺麗な 上着ですね。
好漂亮的上衣喔！

えエ

え
【絵】 ①

畫，圖畫 ★

例 あの 絵は 弟が 描きました。
那幅圖是弟弟畫的。

えいが
【映画】 ①⓪

電影 ★

例 映画を よく 見ます。
常常看電影。

えいがかん
【映画館】 ③

電影院

例 この 近くに 映画館が ありますか。
這附近有電影院嗎？

えいご
【英語】 ⓪

英語 ★★

例 英語で 話して ください。
請用英語説。

えき
【駅】 ①

車站 ★★

例 台北駅は どこですか。
台北車站在哪裡呢？

エレベーター
【elevator】 ③

電梯 ★★

例 エレベーターに 乗ります。
搭乗電梯。

| えんぴつ
【鉛筆】 ⓪ | 鉛筆 ★ |
| | 例 鉛筆で 字を 書きます。
用鉛筆寫字。 |

おオ

| おかあさん
【お母さん】② | 媽媽，母親；令堂 ★★ |
| | 例 これは お母さんからの 手紙です。
這是母親的來信。 |

| おくさん【奥さん】①
おくさま【奥様】① | 別人的太太；夫人 ★ |
| | 例 奥さんに よろしく。
請幫我向夫人問好。 |

| おじ
【伯父・叔父】⓪ | （自己的）伯父（叔父；舅舅；姨丈；姑丈） ★★ |
| | 例 叔父は 桃園に 住んで います。
叔叔住在桃園。 |

| おじいさん
【お祖父さん・
お爺さん】② | ①祖父，爺爺；外公 ②老爺爺 ★★ |
| | ①お祖父さんは 七十歳です。
爺爺七十歳了。

（註：「十歳」這個漢字，其發音目前日本的小學課本標記為「じっさい」，但是許多日本人仍習慣唸成「じゅっさい」。）
②隣の お爺さんは 親切です。
隔壁的老爺爺很親切。 |

| おじさん
【伯父さん・
叔父さん】⓪ | 伯父；叔父；舅舅；姨丈；姑丈 ★★ |
| | 例 叔父さんは 桃園に 住んで いますか。
您的叔叔住在桃園嗎？ |

おとうさん **【お父さん】** 2	爸爸，父親；令尊 ★★ 例 お父さんは お元気ですか。 令尊好嗎？
おとうと **【弟】** 4	①自己的弟弟 ②「弟さん」表示「對方的弟弟」 ★★ 例 ①弟は 小学生です。 弟弟是小學生。 ②弟さんは 小学生ですか。 你弟弟是小學生嗎？
おとこ **【男】** 3	男人；男子 ★★ 例 男と 女の 考え方は 違います。 男生跟女生的思考模式不同。
おとこのこ **【男の子】** 3	男孩；小伙子 ★★ 例 あの 男の子は 頭が いいです。 那個男孩的腦子很好。
おとな **【大人】** 0	大人；成人 ★★ 例 彼は もう 大人に なりました。 他已經長大成人了。
おなか **【御中・御腹】** 0	肚子；腸胃 ★★ 例 お腹が 空きましたか。 肚子餓了嗎？
おば **【伯母・叔母】** 0	（自己的）伯母（嬸嬸；舅媽；阿姨；姑姑）★★ 例 叔母は 看護師です。 嬸嬸是護士。(註：根據「大辞林」，2001 年 (平成十三年) 開始，「看護婦」跟「看護士」都改稱為「看護師」。)

おばあさん 【お祖母さん・ お婆さん】 2	①祖母，奶奶；外婆 ②老婆婆　　　　　　　　　　　　　　★★ 例 ①お祖母さんは　病気に　なりました。 奶奶生病了。 ②隣の　お婆さんは　もう　九十歳です。 隔壁的老婆婆已經九十歲了。
おばさん 【伯母さん・ 叔母さん】 0	伯母；嬸嬸；舅媽；阿姨；姑姑　　　　　★★ 例 叔母さんは　看護師ですか。 您的嬸嬸是護士嗎？
おまわり 【お巡り】 2	警察　　　　　　　　　　　　　　　　　★★ 例 お巡りさん、台北駅は　どこですか。 警察先生，請問台北車站在哪裡呢？
おんがく 【音楽】 1	音樂　　　　　　　　　　　　　　　　　　★ 例 音楽が　好きですか。 喜歡音樂嗎？
おんな 【女】 3	女人；女子；婦女　　　　　　　　　　　★★ 例 あの　女は　お喋りです。 那個女人很聒噪。
おんなのこ 【女の子】 3	女孩；姑娘　　　　　　　　　　　　　　★★ 例 あの　女の子は　可愛いです。 那個女孩很可愛。

か行

▶ MP3-02

かカ

がいこく 【外国】　0	外國	★★
	例 <ruby>外国<rt>がいこく</rt></ruby>へ　<ruby>行<rt>い</rt></ruby>きたいです。 我想去外國。	

がいこくじん 【外国人】　4 **がいじん** 【外人】　0	外國人	★★
	例 <ruby>今月<rt>こんげつ</rt></ruby>は、<ruby>外国人観光客<rt>がいこくじんかんこうきゃく</rt></ruby>が　<ruby>多<rt>おお</rt></ruby>いです。 這個月，外國觀光客很多。 （註：近年來，使用「<ruby>外人<rt>がいじん</rt></ruby>」這個字多半帶有歧視的意味，須慎用。）	

かいしゃ 【会社】　0	公司	★★★
	例 どんな　<ruby>会社<rt>かいしゃ</rt></ruby>で　<ruby>働<rt>はたら</rt></ruby>きたいですか。 想在怎樣的公司上班呢？	

かいだん 【階段】　0	樓梯；階梯；台階	★
	例 <ruby>階段<rt>かいだん</rt></ruby>を　<ruby>上<rt>のぼ</rt></ruby>ります。 上樓梯。	

かお 【顔】　0	臉；容貌；表情；面子	★
	例 <ruby>彼女<rt>かのじょ</rt></ruby>は　<ruby>顔<rt>かお</rt></ruby>が　<ruby>可愛<rt>かわい</rt></ruby>いです。 她的臉蛋很可愛。	

かぎ 【鍵】　2	鑰匙；關鍵	★
	例 <ruby>鍵<rt>かぎ</rt></ruby>で　ドアを　<ruby>開<rt>あ</rt></ruby>けました。 用鑰匙開了門。	

がくせい 【学生】　◻0	**學生**　★★ 例 教室に 学生が 三十人 います。 教室裡有三十個學生。
かさ 【傘】　◻1	**傘**　★ 例 昨日、新しい 傘を 買いました。 昨天買了新傘。
かし 【菓子】　◻1	**點心；零食**　★★ 例 毎日、お菓子を 食べます。 每天吃點心。
かぜ 【風】　◻0	**風**　★ 例 新竹は 風が 強いです。 新竹的風很強。
かぜ 【風邪】　◻0	**感冒**　★★ 例 最近、風邪を 引きました。 最近感冒了。
かぞく 【家族】　◻1	**家族；家人**　★★ 例 うちは 六人家族です。 我家有六個人。
かた 【方】　◻2	**人**　★★ 例 佐藤さんは 優しい 方です。 佐藤小姐是很溫柔的人。
かたかな 【片仮名】　◻3	**片假名**　★ 例 妹は 片仮名を 習って います。 妹妹正在學片假名。

がっこう 【学校】 ⓪	學校	★★
	例 <ruby>学校<rt>がっこう</rt></ruby>は <ruby>九月<rt>くがつ</rt></ruby>に <ruby>始<rt>はじ</rt></ruby>まります。 學校九月開學。	
カップ 【cup】 ①	杯子；（有把手）的杯子	★
	例 カップ <ruby>三杯<rt>さんばい</rt></ruby>の コーヒーを <ruby>飲<rt>の</rt></ruby>みました。 喝了三杯咖啡。	
かど 【角】 ①	角；轉角	
	例 この <ruby>角<rt>かど</rt></ruby>に パン<ruby>屋<rt>や</rt></ruby>さんが あります。 這個轉角有麵包店。	
かばん 【鞄】 ⓪	皮包；手提包；公事包	★
	例 <ruby>新<rt>あたら</rt></ruby>しい かばんが <ruby>欲<rt>ほ</rt></ruby>しいです。 想要新的手提包。	
かびん 【花瓶】 ⓪	花瓶	
	例 <ruby>花<rt>はな</rt></ruby>を <ruby>花瓶<rt>かびん</rt></ruby>に <ruby>生<rt>い</rt></ruby>けます。 把花插在花瓶裡。	
かみ 【紙】 ②	紙	★★
	例 <ruby>紙<rt>かみ</rt></ruby>を <ruby>一枚<rt>いちまい</rt></ruby> <ruby>下<rt>くだ</rt></ruby>さい。 請給我一張紙。	
カメラ 【camera】 ①	照相機；攝影機	★
	例 この カメラは <ruby>高<rt>たか</rt></ruby>いです。 這台照相機很貴。	
かようび 【火曜日】 ②	星期二，簡稱「<ruby>火<rt>か</rt></ruby>」	★★
	例 <ruby>来週<rt>らいしゅう</rt></ruby>の <ruby>火曜日<rt>かようび</rt></ruby>は <ruby>休<rt>やす</rt></ruby>みです。 下週二放假。	

| からだ
【体】　⓪ | 身體；體格　★★ |
| | 例 お体の　具合は　どうですか。
您身體狀況如何呢？ |

| カレンダー
【calendar】　② | 月曆　★ |
| | 例 来年の　カレンダーを　買いました。
買了明年的月曆。 |

| かわ
【川・河】　② | 河川，河流 |
| | 例 家の　近くに　小さな　川が　あります。
我家附近有小河。 |

| かんじ
【漢字】　⓪ | 漢字　★★ |
| | 例 この　漢字の　意味が　分かりますか。
知道這個漢字的意思嗎？ |

きキ

| き
【木】　① | 樹木；木材　★ |
| | 例 庭に　りんごの　木が　あります。
院子裡有蘋果樹。 |

| きた
【北】　⓪② | 北方，北邊　★★ |
| | 例 基隆は　台湾の　北に　あります。
基隆在台灣的北方。 |

| ギター
【guitar】　① | 吉他 |
| | 例 息子は　ギターを　習って　います。
兒子正在學吉他。 |

きっさてん
【喫茶店】③⓪

咖啡廳 ★★
例 公園の　中に　喫茶店が　あります。
公園裡有咖啡廳。

きって
【切手】⓪

郵票
例 綺麗な　切手が　好きです。
喜歡美麗的郵票。

きっぷ
【切符】⓪

票；車票 ★★
例 新幹線の　切符を　四枚　買いました。
買了四張新幹線的票。

きゅう
【九】①

九；九個 ★★★
例 父は　ノートを　九冊　買いました。
父親買了九本筆記本。

ぎゅうにく
【牛肉】⓪

牛肉 ★
例 母は　牛肉が　嫌いです。
母親不喜歡牛肉。

ぎゅうにゅう
【牛乳】⓪

鮮奶 ★
例 今朝、牛乳を　飲みました。
今天早上喝了鮮奶。（註：「ミルク」多半指奶粉。）

きょうしつ
【教室】⓪

教室 ★★
例 化学の　教室は　二階です。
化學教室在二樓。

きょうだい
【兄弟】①

兄弟；兄弟姊妹 ★★
例 私は　六人兄弟の　長男です。
我是六個兄弟姊妹當中的長男。

キロ ① キログラム 【kilogram】③	公斤 ★
	例 うちの　柴犬（しばいぬ）は　十四（じゅうよん）キロです。 家裡的柴犬十四公斤。
キロ ① キロメートル 【kilometer】③	公里 ★
	例 うちから　学校（がっこう）まで　四（よん）キロです。 家裡距離學校四公里。
ぎんこう 【銀行】 ⓪	銀行 ★
	例 姉（あね）は　銀行（ぎんこう）で　働（はたら）いて　います。 姊姊現在在銀行上班。
きんようび 【金曜日】③	星期五，簡稱「金（きん）」 ★★
	例 先週（せんしゅう）の　金曜日（きんよう び）は　雨（あめ）でした。 上週五是雨天。

く ク

く 【九】 ①	九 ★★★
	例 明日（あした）の　朝（あさ）　九時（く じ）に　会（あ）いましょう。 明早九點碰面吧！
くすり 【薬】 ⓪	藥；藥品 ★★
	例 この　薬（くすり）は　苦（にが）いです。 這個藥很苦。
くだもの 【果物】 ②	水果 ★★
	例 果物（くだもの）を　食（た）べて　ください。 請吃水果。

くち【口】 ⓪

口，嘴巴 ★★

例 あの 子は 口が 大きいです。

那個孩子嘴巴很大。

くつ【靴】 ②

鞋子 ★★

例 靴を 履きます。

穿鞋子。

くつした【靴下】 ②④

襪子 ★

例 この 靴下は 可愛いです。

這個襪子很可愛。

くに【国】 ⓪

國家；故鄉 ★

例 お国は どちらですか。

您來自哪一國呢？

クラス【class】 ①

班級；等級；階級 ★★

例 一クラスは 三十人です。

一個班級是三十人。

グラス【glass】 ①⓪

玻璃；玻璃杯 ★

例 グラスで 水を 飲みます。

用玻璃杯喝水。

グラム【gram】 ①

公克 ★

例 豚肉を 五百グラム 下さい。

請給我五百公克的豬肉。

くるま【車】 ⓪

車子 ★★★

例 父は 新しい 車を 買いました。

爸爸買了新車。

けケ

けいかん 【警官】 ⓪	警官，警察
	例 あそこに 警官が 二人 います。 那裡有兩名警官。

げつようび 【月曜日】 ③	星期一，簡稱「月」 ★★
	例 来週の 月曜日、学校が 始まります。 下週一開學。

げんかん 【玄関】 ①	正門；玄關 ★
	例 玄関で 靴を 脱いで ください。 請在玄關脫鞋。

こコ

ご 【五】 ①	五 ★★★
	例 本を 五冊 買いました。 買了五本書。

こうえん 【公園】 ⓪	公園 ★★
	例 この 公園は バラで 有名です。 這座公園以玫瑰聞名。

こうさてん 【交差点】 ⓪③	十字路口 ★
	例 次の 交差点を 右に 曲がって ください。 請在下一個十字路口右轉。

こうばん【交番】 ⓪

派出所 ★

例 父は 交番に 勤めて います。
爸爸在派出所上班。

こえ【声】 ①

（人或動物的）聲音 ★

例 そんな 大きい 声で 話さないで ください。
請不要那麼大聲講話。

コート【coat】 ①

外套；大衣；西裝外套 ★

例 寒いので、コートを 着て ください。
因為很冷，所以請穿上外套。

コーヒー【coffee】 ③

咖啡 ★★★

例 お祖父さんは 毎朝、コーヒーを 飲みます。
爺爺每天早上喝咖啡。

ここのか【九日】 ④

九天；九號 ★★

例 今日は 八月九日です。
今天是八月九號。

ここのつ【九つ】 ②

九個；九歲 ★★

例 みかんを 九つ ください。
請給我九顆橘子。

コップ【cup】 ⓪

杯子；（沒有把手的）杯子 ★★

例 コップを 三つ 買いました。
買了三個杯子。

ことば【言葉】 ③

語言；話語；詞彙 ★★★

例 この 言葉の 意味が 分かりません。
不懂這個詞彙的意思。

こども【子供】 ⓪	小孩；兒童；子女 ★★
	例 私には 三歳の 子供が います。
	我有一個三歲的小孩。

ごはん【御飯】 ①	米飯；飯食 ★★★
	例 ご飯を 食べましたか。
	吃過飯了嗎？

ころ・ごろ【頃】 ①	～時期；～左右 ★★★
	例 兄は 学生の 頃、よく 勉強しました。
	哥哥學生時期很用功。

こんげつ【今月】 ⓪	這個月 ★★
	例 今月の 八日は 休みです。
	這個月的八號休假。

こんしゅう【今週】 ⓪	這星期 ★★
	例 今週も 忙しいです。
	這週也很忙。

こんばん【今晩】 ①	今天晚上 ★★
	例 今晩は 寒いですね。
	今天晚上好冷喔！

さ行

▶ MP3-03

さサ

さいふ 【財布】 ⓪	錢包	★★
	例 私は 財布を 落としました。 我把錢包弄丟了。	

さかな 【魚】 ⓪	魚	★
	例 この 魚の 名前は 何ですか。 這條魚叫什麼名字呢？	

さき 【先】 ⓪	尖端；早先；對方；將來；下文	★★
	例 彼が 一番 先に 来ました。 他最早來了。	

さくぶん 【作文】 ⓪	作文	
	例 彼女は 作文を 書いて います。 她正在寫作文。	

ざっし 【雑誌】 ⓪	雑誌	★
	例 雑誌を 五冊 買いました。 買了五本雜誌。	

さとう 【砂糖】 ②	糖	★
	例 コーヒーに 砂糖を 入れました。 在咖啡裡放了糖。	

さらいねん 【再来年】 ⓪	後年	★
	例 再来年は アメリカへ 行きます。 後年要去美國。	

さん【三】 ◻0

三 ★★★

例 今朝、コンピューターを 三台 売りました。
今天早上賣了三台電腦。

しシ

し【四】 ◻1

四 ★★★

例 四国へ 行ったことが ありますか。
去過四國嗎？

しお【塩】 ◻2

鹽 ★

例 塩を 振って ください。
請撒上鹽。

じかん【時間】 ◻0

時間 ★★★

例 朝ご飯を 食べる時間が ありません。
沒有吃早餐的時間。

しごと【仕事】 ◻0

工作；職業 ★★★

例 お仕事は 何ですか。
您在哪裡高就呢？

じしょ【辞書】 ◻1

辭典；字典 ★★

例 辞書で 調べます。
查字典。

した【下】 ◻0

下面；裡面；（地位）低；（年紀、數量、程度）少 ★★

例 犬が 木の 下で 寝て います。
狗正在樹下睡覺。

しち
【七】 [2]

七　　　　　　　　　　　　★★★

例 父は　七時に　出掛けました。
父親在七點時外出了。

じてんしゃ
【自転車】 [20]

脚踏車　　　　　　　　　　　★

例 妹は　自転車で　学校へ　行きます。
妹妹騎腳踏車上學。

じどうしゃ
【自動車】 [20]

汽車　　　　　　　　　　　　★

例 自動車を　運転します。
開車。

じびき
【字引】 [3]

字典；辭典

例 この　字引は　厚いです。
這本字典很厚。

じぶん
【自分】 [0]

自己　　　　　　　　　　　★★★

例 自分の　宿題は　自分で　して　ください。
自己的作業請自己做。

しゃしん
【写真】 [0]

照片　　　　　　　　　　　　★★

例 ここで　写真を　撮らないで　ください。
請不要在這裡拍照。

シャツ
【shirt】 [1]

襯衫　　　　　　　　　　　　★★

例 彼は　今日、白い　シャツを　着て　います。
他今天穿著白色襯衫。

シャワー
【shower】 [1]

淋浴　　　　　　　　　　　　★★

例 毎朝、シャワーを　浴びます。
每天早上淋浴。

じゅう【十】 ①

十 ★★★

例 一_{いち}から 十_{じゅう}まで 数_{かぞ}えて ください。
請從一數到十。

じゅぎょう【授業】 ①

上課；授課 ★★★

例 林先生_{りんせんせい}の 授業_{じゅぎょう}は 何時_{なんじ}からですか。
林老師的課是從幾點開始呢？

しゅくだい【宿題】 ⓪

作業 ★★

例 宿題_{しゅくだい}を 出_だして ください。
請交作業。

しゅじん【主人】 ①

自己的丈夫（先生）；「ご主人_{しゅじん}」是指「別人的丈夫（先生）」 ★★

例 ご主人_{しゅじん}は お医者_{いしゃ}さんですか。
您的先生是醫生嗎？

しょうゆ【醤油】 ⓪

醬油 ★

例 醤油味_{しょうゆあじ}の ラーメンが 好_すきです。
喜歡醬油味道的拉麵。

しょくどう【食堂】 ⓪

餐廳；食堂 ★

例 学生食堂_{がくせいしょくどう}は どこですか。
學生餐廳在哪裡呢？

しんぶん【新聞】 ⓪

報紙 ★★

例 毎日_{まいにち}、新聞_{しんぶん}を 読_よみますか。
每天看報紙嗎？

すス

すいようび 【水曜日】 ③	星期三，簡稱「水^{すい}」 ★★	

すいようび
【水曜日】 ③

星期三，簡稱「水<ruby>水<rt>すい</rt></ruby>」　　★★

例　先週の　水曜日に　日本へ　帰りました。
上週三回日本了。

スカート
【skirt】 ②

裙子　　★

例　今日は　スカートを　穿いて　います。
今天穿著裙子。

ストーブ
【stove】 ②

火爐；暖爐

例　弟は　ストーブを　つけました。
弟弟開了暖爐。

スプーン
【spoon】 ②

湯匙　　★★

例　スプーンを　もう　一本　下さい。
請再給我一根湯匙。

ズボン
【（法）jupon】
　　　　② ①

褲子　　★

例　この　ズボンは　長過ぎます。
這件褲子太長了。

スリッパ
【slipper】
　　　　① ②

拖鞋　　★★

例　父は　スリッパを　履いて　います。
父親穿著拖鞋。

せセ

せ 【背】 ①⓪	背；脊背；山脊；身高 ★
	例 彼は 背が 高いです。 他身高很高。
せいと 【生徒】 ①	學生（指國高中生） ★
	例 この 高校は 生徒が 三百人 います。 這所高中有三百名學生。
セーター 【sweater】①	毛衣 ★
	例 寒いから、セーターを 着ましょう。 因為很冷，所以穿上毛衣吧！
せっけん 【石鹼】 ⓪	香皂 ★
	例 石鹼で 足を 洗いました。 用香皂洗了腳。
せびろ 【背広】 ⓪	西裝外套
	例 彼は 背広を 脱ぎました。 他脱下了西裝外套。
ゼロ 【zero】 ①	零 ★★★
	例 三 引く 三は ゼロです。 三減三是零。
せん 【千】 ①	千 ★★
	例 この 本は 千円です。 這本書是一千日圓。

	上個月 ★★
せんげつ 【先月】 ①	例 彼女は 先月の 一日に 結婚しました。 她在上個月一號結婚了。

	上星期 ★★
せんしゅう 【先週】 ⓪	例 先週の 木曜日は 二日です。 上週四是二號。

	老師；師傅；對醫生、律師等的尊稱 ★★★
せんせい 【先生】 ③	例 先生は 教室に います。 老師在教室裡。

	全部，總共 ★★
ぜんぶ 【全部】 ①	例 全部で いくらですか。 總共多少錢呢？

そソ

	外面；戶外；表面 ★★
そと 【外】 ①	例 外で 晩ご飯を 食べました。 在外面吃了晚飯。

	旁邊；附近 ★
そば 【側】 ①	例 銀行の 側に 本屋が あります。 銀行的旁邊有書局。

	天空；天氣 ★
そら 【空】 ①	例 空は 青いです。 天空是藍色的。

た行

▶ MP3-04

たタ

だいがく 【大学】 ⓪	大學	★★
	例 今年の　九月、大学に　入りました。 今年九月進了大學。	

たいしかん 【大使館】 ③	大使館	
	例 昨日、大使館へ　行きました。 昨天去了大使館。	

だいどころ 【台所】 ⓪	廚房	★
	例 母は　台所に　います。 母親在廚房。	

タクシー 【taxi】 ①	計程車	★★
	例 姉は　タクシーで　映画館へ　行きました。 姊姊搭計程車去了電影院。	

たてもの 【建物】 ②③	建築物；房屋	★
	例 いい　建物を　建てました。 蓋了很好的房子。	

たばこ・タバコ 【煙草】 ⓪	香菸	★★
	例 たばこを　吸いますか。 抽菸嗎？	

たべもの 【食べ物】 ③②	食物	★★
	例 何か　嫌いな　食べ物は　ありますか。 有什麼不喜歡的食物嗎？	

たまご
【卵・玉子】
[2][0]

① （生）蛋
② （熟）蛋 ★★

例 ①卵を　五つ　下さい。
請給我五顆蛋。

②毎朝、玉子を　二つ　食べます。
每天早上吃兩顆蛋。

たんじょうび
【誕生日】[3]

生日 ★★

例 お誕生日は　いつですか。
生日是什麼時候呢？

ちチ

ちかく
【近く】[2][1]

附近 ★★

例 この　近くに　公園が　ありますか。
這附近有公園嗎？

ちかてつ
【地下鉄】[0]

地下鐵 ★★

例 地下鉄で　空港へ　行きます。
搭地鐵去機場。

ちず
【地図】[1]

地圖 ★

例 京都の　地図が　欲しいです。
想要京都的地圖。

ちち
【父】[2][1]

家父；爸爸，父親 ★★★

例 父は　アメリカで　働いて　います。
家父在美國工作。

ちゃ【茶】 ⓪	茶 ★
	例 毎朝、お茶を 飲みます。
	每天早上喝茶。

ちゃいろ【茶色】 ⓪	咖啡色 ★
	例 あの 帽子は 茶色です。
	那頂帽子是咖啡色的。

ちゃわん【茶碗】 ⓪	茶杯；飯碗 ★
	例 茶碗を 十個 下さい。
	請給我十個碗。
	（註：「十個」這個漢字，其發音目前日本的小學課本標記為「じっこ」，但是許多日本人仍習慣唸成「じゅっこ」。）

つ ツ

ついたち【一日】 ④	一日；一號 ★★
	例 母の 誕生日は 六月一日です。
	家母的生日是六月一號。

つぎ【次】 ②	其次，接下來；下一個（位） ★★★
	例 次は 田中さんです。
	下一位是田中先生。

つくえ【机】 ⓪	桌子；書桌 ★★
	例 机の 上に 置いて ください。
	請放在桌上。

てテ

て 【手】 ①	手 ★★★
	例 まず、手を 洗って ください。 請先洗手。
てあらい 【手洗い・手洗】 ②	洗手間，盥洗室 ★★★
	例 すみません、お手洗いは どこですか。 不好意思，洗手間在哪裡呢？
テープ 【tape】 ①	錄音帶；膠帶
	例 赤い テープを 下さい。 請給我紅色膠帶。
テーブル 【table】 ⓪	桌子 ★★
	例 丸い テーブルが 好きです。 喜歡圓桌。
テープレコーダー 【tape recorder】 ⑤	錄音機
	例 テープレコーダーを かけて ください。 請播放錄音機。
てがみ 【手紙】 ⓪	信 ★
	例 手紙を 出しました。 信寄出去了。
でぐち 【出口】 ①	出口 ★
	例 出口は 二つ あります。 有兩個出口。

テスト 【test】 ① 考試 ★★★

例 明後日、テストが あります。
後天有考試。

デパート 【department】 ② 百貨公司 ★★

例 デパートで 買い物を して います。
正在百貨公司買東西。

テレビ 【television】 ① 電視 ★★★

例 テレビを 見て います。
正在看電視。

てんき 【天気】 ① 天氣 ★★★

例 明日の 天気は どうですか。
明天天氣如何呢？

でんき 【電気】 ① 電力；電燈 ★★

例 電気を 付けて ください。
請開燈。

でんしゃ 【電車】 ⓪① 電車 ★★★

例 電車で 家へ 帰ります。
搭電車回家。

とト

と 【戸】 ⓪ 門；大門

例 戸から 入りました。
從大門進來了。

ドア
【door】 ①

門　　　　　　　　　　★★

例 ドアを　開けて　ください。
請開門。

トイレ
【toilet】 ①

廁所，洗手間　　　　　★★★

例 この　トイレは　綺麗です。
這間廁所很乾淨。

どうぶつ
【動物】 ⓪

動物　　　　　　　　　　★

例 動物が　好きです。
喜歡動物。

とお
【十】 ①

十；十個；十歲　　　　　★

例 妹は　今年　十に　なりました。
妹妹今年十歲了。

とおか
【十日】 ⓪

十天；十號　　　　　　★★

例 今日は　九月十日です。
今天是九月十號。

とき
【時】 ②

時候；時刻；時期　　　★★★

例 日本に　行ったとき、黃先生に　会いました。
去日本的時候，遇到黃老師了。

とけい
【時計】 ⓪

時鐘　　　　　　　　　★★

例 新しい　時計を　買いました。
買了新時鐘。

ところ
【所・処】 ③⓪

地方；地點　　　　　　★★★

例 駅は　家から　五分の　ところに　あります。
車站在距離家裡五分鐘的地方。

	年；年紀	★★
とし 【年】 ②	例 母は 年を 取りました。 母親年事已高。	

	圖書館	★
としょかん 【図書館】 ②	例 彼は 毎日、図書館で 勉強して います。 他每天都在圖書館讀書。	

	鄰近；隔壁	★★
となり 【隣・隣り】 ⓪	例 叔父は 隣に 住んで います。 叔叔住在隔壁。	

	朋友	★★★
ともだち 【友達】 ⓪	例 彼女は 私の いい 友達です。 她是我的好朋友。	

	星期六，簡稱「土」	★★
どようび 【土曜日】 ②	例 先週の 土曜日は 寒かったです。 上週六很冷。	

	鳥	
とり 【鳥】 ⓪	例 あそこに 鳥が います。 那裡有鳥。	

	雞肉	★
とりにく 【鳥肉・鶏肉】 ⓪	例 鳥肉を 五百グラム 買いました。 買了五百公克的雞肉。	

な行

▶ MP3-05

なナ

ナイフ 【knife】 ①	餐刀；小刀 ★ 例 ナイフで 果物_{くだもの}を 切_きりました。 用小刀切了水果。
なか 【中】 ①	中央；裡面；當中 ★★★ 例 冷蔵庫_{れいぞうこ}の 中_{なか}には 卵_{たまご}が あります。 冰箱裡有蛋。
なつ 【夏】 ②	夏天；夏季 ★★ 例 夏_{なつ}は 暑_{あつ}いです。 夏天很熱。
なつやすみ 【夏休み】 ③	暑假 ★★ 例 夏休_{なつやす}みは 来週_{らいしゅう}から 始_{はじ}まります。 暑假從下週開始。
なな 【七】 ①	七 ★★★ 例 弟_{おとうと}は 七歳_{ななさい}です。 弟弟七歲。
ななつ 【七つ】 ②	七；七個；七歲 ★ 例 テーブルの 上_{うえ}に りんごが 七_{なな}つ あります。 桌上有七顆蘋果。
なのか 【七日】 ⓪	七天；七號 ★★ 例 五月七日_{ごがつなのか}は 何曜日_{なんようび}ですか。 五月七號是星期幾呢？

| なまえ
【名前】　⓪ | 名字；名稱；名義 ★★★ |
| | 例 その　映画の　名前は　何ですか。
那部電影的名字是什麼呢？ |

に二

| に
【二】　① | 二；第二；其次 ★★★ |
| | 例 私の　部屋は　二階に　あります。
我的房間在二樓。 |

| にく
【肉】　② | 肉；肌肉 ★★ |
| | 例 祖母は　肉を　食べません。
奶奶不吃肉。 |

| にし
【西】　⓪ | 西邊；西風 ★★ |
| | 例 デパートの　西に　スーパーが　あります。
百貨公司的西邊有超市。 |

| にちようび
【日曜日】　③ | 星期日，簡稱「日」 ★★ |
| | 例 日曜日には　どこへ　行きましたか。
週日去了哪裡呢？ |

| にもつ
【荷物】　① | 行李；貨物 ★★ |
| | 例 荷物を　ここに　置いて　ください。
請把行李放在這裡。 |

| ニュース
【news】　① | 新聞；消息 ★★ |
| | 例 何か　いい　ニュースは　ありますか。
有什麼好消息嗎？ |

にわ
【庭】 ⓪

庭院，院子 ★

例 庭に 大きな 石が あります。
院子裡有大石頭。

ねネ

ネクタイ
【necktie】 ①

領帶

例 ネクタイを 締めます。
繫領帶。

ねこ
【猫】 ①

貓 ★★

例 猫は 机の 下に います。
貓在書桌下。

のノ

ノート
【note】 ①

筆記本；備忘錄 ★★

例 ノートを 三冊 買いました。
買了三本筆記本。

のみもの
【飲み物・飲物】
③②

飲料 ★★

例 何か 飲み物は ありますか。
有沒有什麼飲料呢？

は行

▶ MP3-06

はハ

| は
【歯】 ① | 牙齒 ★ |
| | 例 歯を 磨きました。
刷牙了。 |

| パーティー
【party】 ① | 宴會；派對；舞會 ★★ |
| | 例 パーティーで 誰かに 会いましたか。
在派對裡有遇到誰了嗎？ |

| はいざら
【灰皿】 ⓪ | 菸灰缸 |
| | 例 灰皿を 取って ください。
請把菸灰缸拿來。 |

| はがき
【葉書】 ⓪ | ①明信片
②「絵葉書」為「風景明信片」 |
| | 例 ①葉書を 十枚 下さい。
請給我十張明信片。
②あの 絵葉書は 弟が 旅行先から 出したものです。
那張風景明信片是弟弟從旅途中寄出的。 |

| はこ
【箱】 ⓪ | 箱子；盒子 ★★ |
| | 例 箱の 中に 手紙が あります。
箱子裡面有信。 |

| はし
【箸】 ① | 筷子 ★★ |
| | 例 お箸で ご飯を 食べます。
用筷子吃飯。 |

はし 【橋】 ②	橋；橋梁　★★ 例 あの　<ruby>橋<rt>はし</rt></ruby>は　<ruby>長<rt>なが</rt></ruby>いです。 那座橋很長。
はじめ 【始め・初め】 ⓪	開始；起頭　★★ 例 <ruby>初<rt>はじ</rt></ruby>めから　<ruby>読<rt>よ</rt></ruby>んで　ください。 請從頭開始看。
バス 【bus】 ①	公車　★★ 例 バスに　<ruby>乗<rt>の</rt></ruby>ります。 搭公車。
バター 【butter】 ①	奶油　★ 例 バターが　<ruby>嫌<rt>きら</rt></ruby>いです。 不喜歡奶油。
はたち 【二十歳】 ①	二十歳　★★ 例 あの　<ruby>子<rt>こ</rt></ruby>は　<ruby>今年<rt>ことし</rt></ruby>、<ruby>二十歳<rt>はたち</rt></ruby>に　なりました。 那個孩子今年二十歳了。
はち 【八】 ②	八；八個　★★★ 例 <ruby>毎晩<rt>まいばん</rt></ruby>　<ruby>八時<rt>はちじ</rt></ruby>に　<ruby>晩<rt>ばん</rt></ruby>ご<ruby>飯<rt>はん</rt></ruby>を　<ruby>食<rt>た</rt></ruby>べます。 每天晚上八點吃晚飯。
はつか 【二十日】 ⓪	二十天；二十號　★★ 例 <ruby>今月<rt>こんげつ</rt></ruby>の　<ruby>二十日<rt>はつか</rt></ruby>に、パーティーが　あります。 這個月的二十號有派對。
はな 【花】 ②	花　★★ 例 <ruby>庭<rt>にわ</rt></ruby>の　<ruby>花<rt>はな</rt></ruby>が　<ruby>綺麗<rt>きれい</rt></ruby>です。 院子裡的花很美。

はな【鼻】 ⓪

鼻子 ★★

例 うちの 犬は 鼻が 黒いです。
家裡的狗的鼻子是黑色的。

はなし【話】 ③

話；談話；話題 ★★★

例 あの お爺さんは 話が 長いです。
那位老爺爺話很多。

はは【母】 ①

家母；媽媽，母親 ★★★

例 母は 主婦です。
母親是家庭主婦。

はる【春】 ①

春天；春季 ★★

例 春は 暖かいです。
春天很溫暖。

ばん【晩】 ⓪

晚；晚上 ★★

例 母は 毎日、朝から 晩まで 忙しいです。
母親每天從早忙到晚。

パン【（法）pain】 ①

麵包 ★★

例 どんな パンが 好きですか。
喜歡怎樣的麵包呢？

ハンカチ【handkerchief】 ③⓪

手帕 ★

例 この ハンカチは 汚いです。
這條手帕很髒。

ばんごう【番号】 ③

號碼 ★★

例 電話番号を 教えて ください。
請告訴我電話號碼。

ばんごはん 【晩御飯】 ③	晩飯，晩餐 ★★ 例 母は 晩ご飯を 作って います。 母親正在做晩飯。
はんぶん 【半分】 ③	一半 ★★ 例 一人で この ケーキの 半分を 食べました。 一個人吃了這個蛋糕的一半。

ひヒ

ひがし 【東】 ⓪③	東方，東邊 ★★ 例 駅は 学校の 東に あります。 車站在學校的東邊。
ひこうき 【飛行機】 ②	飛機 ★★ 例 私は 次の 日本行きの 飛行機に 乗ります。 我搭下一班去日本的飛機。
ひだり 【左】 ⓪	左方，左邊 ★★ 例 まっすぐ 行って、左に 曲がって ください。 請直走，再向左轉。
ひと 【人】 ⓪	人 ★★ 例 あの 人は 誰ですか。 那個人是誰呢？
ひとつ 【一つ】 ②	一個；一歲 ★★ 例 茶碗は 一つ 六百円です。 碗一個六百日圓。

ひとつき 【一月】 ②

一個月

例 あと 一月で 冬休みです。
再一個月就是寒假了。

ひとり 【一人】 ②

一個人；獨自 ★★

例 彼女は 一人で 旅行に 行きます。
她一個人去旅行。

ひま 【暇】 ◎

閒暇，空閒；休假 ★★

例 今日から 三日間 暇です。
從今天開始有三天的假期。

ひゃく 【百】 ②

一百 ★★

例 数百人の 医者が 台湾に 来ました。
數百名醫生到台灣來了。

びょういん 【病院】 ◎

醫院 ★★

例 祖母は 病院に 行きました。
奶奶去醫院了。

びょうき 【病気】 ◎

生病；疾病 ★★

例 祖母は 病気に なりました。
奶奶生病了。

ひらがな 【平仮名】 ③

平假名 ★★

例 弟は 平仮名で 手紙を 書きました。
弟弟用平假名寫了信。

ひる 【昼】 ②

白天；中午；午飯 ★★

例 もう お昼の 時間です。
已經到吃午飯的時間了。

ひるごはん 【昼御飯】 ③	午飯，午餐 ★★	

例 レストランで　昼ご飯を　食べました。
在餐廳吃了午飯。

ふフ

フィルム 【film】 ①0	膠捲，底片	

例 フィルムを　買いましたか。
買底片了嗎？

ふうとう 【封筒】 ⓪	信封	

例 手紙を　封筒に　入れました。
將信放入信封了。

プール 【pool】 ①	游泳池 ★	

例 先生の　家に　プールが　あります。
老師家有游泳池。

フォーク 【fork】 ①	叉子 ★★	

例 フォークで　果物を　食べて　ください。
請用叉子吃水果。

ふく 【服】 ②	衣服 ★★	

例 どこで　この　服を　買いましたか。
這件衣服在哪兒買的呢？

ふたつ 【二つ】 ③	兩個；兩歲 ★★	

例 みかんを　二つ　食べました。
吃了兩顆橘子。

ぶたにく 【豚肉】 ⓪	**豬肉** ★★ ^例 私は 豚肉が 好きでは ありません。 我不喜歡豬肉。
ふたり 【二人】 ③	**兩個人** ★★ ^例 妹が 二人 います。 有兩個妹妹。
ふつか 【二日】 ⓪	**兩天；二號** ★★ ^例 来月の 二日は 父の 誕生日です。 下個月二號是家父的生日。
ふゆ 【冬】 ②	**冬天；冬季** ★★ ^例 冬は 寒いです。 冬天很冷。
ふろ 【風呂】 ②①	**洗澡的設備或場所** ★★ ^例 お風呂に 入りましたか。 洗過澡了嗎？

へへ

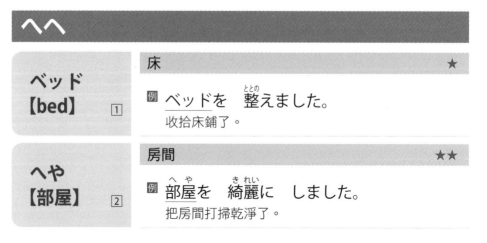

ベッド 【bed】 ①	**床** ★ ^例 ベッドを 整えました。 收拾床鋪了。
へや 【部屋】 ②	**房間** ★★ ^例 部屋を 綺麗に しました。 把房間打掃乾淨了。

へん
【辺】 ⓪

附近，一帶；程度 ★★

例 この 辺は 賑やかですね。
這附近真是熱鬧啊！

ペン
【pen】 ①

筆；鋼筆 ★★

例 ペンで 名前を 書いて ください。
請用筆寫名字。

べんとう
【弁当】 ③

便當 ★★

例 お昼に お弁当を 食べました。
中午吃了便當。

ほ ホ

ほう
【方】 ①

方向；方面 ★★

例 図書館は 駅の 南の 方に あります。
圖書館在車站的南方。

ぼうし
【帽子】 ⓪

帽子 ★

例 帽子を 被って いるのは 私の 妹です。
戴著帽子的是我妹妹。

ボールペン
【ball pen】 ⓪

原子筆 ★★★

例 ボールペンで 宿題を します。
用原子筆寫作業。

ほか
【外】 ⓪

其他；另外；不包含在～內 ★★

例 陳さんの ほかに いい 人は いません。
除了陳先生，沒有其他好的人選了。

ポケット 【pocket】 ② ①	口袋　　　　　　　　　　　　★★ 例 この　シャツに　ポケットは　五つ　あります。 這件襯衫有五個口袋。
ポスト 【post】 ①	郵筒　　　　　　　　　　　　　★ 例 手紙を　ポストに　入れました。 將信投入郵筒了。
ボタン 【button】 ⓪	鈕扣；按鈕　　　　　　　　　★★ 例 赤い　ボタンを　押して　ください。 請按下紅色按鈕。
ホテル 【hotel】 ①	旅館　　　　　　　　　　　　★★ 例 ホテルを　予約しましたか。 預約旅館了嗎？
ほん 【本】 ①	書　　　　　　　　　　　　　★★ 例 先週、本を　たくさん　買いました。 上週買了很多書。
ほんだな 【本棚】 ①	書架；書櫃；書櫥　　　　　　★ 例 本を　本棚に　置いて　ください。 請將書放在書架上。

ま行

まマ

まえ 【前】　1	（在〜地點或〜時間）之前　★★★ 例 駅の　前に　スーパーが　あります。 車站前有超市。
まち 【町】　2	街道；城鎮　★★ 例 この　町は　広いです。 這個城鎮很寬闊。
マッチ 【match】　1	火柴 例 マッチを　取って　ください。 請拿火柴。
まど 【窓】　1	窗戶　★★ 例 窓を　開けて　ください。 請開窗戶。
まんねんひつ 【万年筆】　3	鋼筆 例 万年筆を　貸して　ください。 請借我鋼筆。

みミ

みぎ 【右】　0	右方，右邊　★★ 例 デパートは　駅の　右に　あります。 百貨公司在車站的右邊。

みず 【水】 ⓪	水；冷水 ★★ 例 <ruby>水<rt>みず</rt></ruby>を <ruby>飲<rt>の</rt></ruby>んで ください。 請喝水。
みせ 【店】 ②	商店 ★★ 例 あの <ruby>店<rt>みせ</rt></ruby>の <ruby>名前<rt>な まえ</rt></ruby>は <ruby>何<rt>なん</rt></ruby>ですか。 那家商店叫什麼名字呢？
みち 【道】 ⓪	道路 ★★ 例 あの <ruby>道<rt>みち</rt></ruby>は <ruby>汚<rt>きたな</rt></ruby>いです。 那條路很髒。
みっか 【三日】 ⓪	三天；三號 ★★ 例 <ruby>明後日<rt>あさって</rt></ruby>は <ruby>十月<rt>じゅうがつ</rt></ruby><ruby>三日<rt>みっか</rt></ruby>です。 後天是十月三號。
みっつ 【三つ】 ③	三個；三歲 ★★ 例 テーブルの <ruby>上<rt>うえ</rt></ruby>に パンが <ruby>三<rt>みっ</rt></ruby>つ あります。 桌上有三個麵包。
みどり 【緑】 ①	緑色 ★★ 例 <ruby>彼女<rt>かのじょ</rt></ruby>は <ruby>緑<rt>みどり</rt></ruby>の コートを <ruby>着<rt>き</rt></ruby>て います。 她穿著緑色的外套。
みなみ 【南】 ⓪	南方，南邊 ★★ 例 <ruby>南<rt>みなみ</rt></ruby>に <ruby>行<rt>い</rt></ruby>って ください。 請往南走。
みみ 【耳】 ②	耳朵 ★★ 例 <ruby>兎<rt>うさぎ</rt></ruby>は <ruby>耳<rt>みみ</rt></ruby>が <ruby>長<rt>なが</rt></ruby>いです。 兔子的耳朵很長。

みんな [3] みな 【皆】 [2]	大家；各位　　★★ 例 皆で　一緒に　ご飯を　食べましょう。 大家一起用餐吧！ （註：表示「人」時，一般習慣用漢字「皆」來表示；其他名詞（如動植物……等），則多用假名「みんな」來表示。）

むム

むいか 【六日】 [0]	六天；六號　　★★ 例 三月六日の　午後　会いましょうか。 三月六號下午碰面如何呢？
むこう 【向こう】 [2][0]	對面；另一側　　★★ 例 学校は　橋の　向こうに　あります。 學校在橋的另一側。
むっつ 【六つ】 [3]	六個；六歲　　★★ 例 うちの　猫は　六つに　なります。 家裡的貓六歲了。

めメ

め 【目】 [1]	眼睛　　★★ 例 目を　開けて　ください。 請睜開眼睛。

| メートル
【meter】 ⓪ | 米，公尺 ★★ |
| | ^例 <u>二^にメートル</u>の　テーブルを　買^かいました。
買了兩公尺的桌子。 |

| めがね
【眼鏡】 ① | 眼鏡 ★★ |
| | ^例 私^{わたし}は　毎日^{まいにち}　<u>眼鏡^{めがね}</u>を　掛^かけて　います。
我每天都戴著眼鏡。 |

もモ

| もくようび
【木曜日】 ③ | 星期四，簡稱「木^{もく}」 ★★ |
| | ^例 木曜^{もくよう}日^びの　午後^{ごご}、その　本^{ほん}を　読^よみました。
週四下午看了那本書。 |

| もの
【物】 ②⓪ | 東西；物品 ★★ |
| | ^例 この　ノートは　徐^{じょ}さんの　<u>物^{もの}</u>です。
這本筆記本是徐先生的東西。 |

| もん
【門】 ① | 門；大門 |
| | ^例 <u>門^{もん}</u>を　開^あけて　ください。
請開門。 |

| もんだい
【問題】 ⓪ | 問題 ★★★ |
| | ^例 何^{なに}か　問題^{もんだい}は　ありますか。
有沒有什麼問題呢？ |

や行

やヤ

やおや 【八百屋】 ⓪	蔬果店 例 八百屋で 果物を 買いました。 在蔬果店買了水果。
やさい 【野菜】 ⓪	蔬菜　　　　　　　　　★★ 例 うちの 子は 野菜が 嫌いです。 我的小孩討厭蔬菜。
やすみ 【休み】 ③	休息；休假　　　　　　★★ 例 一昨日は 休みでした。 前天休假。
やっつ 【八つ】 ③	八個；八歲　　　　　　★★ 例 この シャツに ポケットが 八つ あります。 這件襯衫有八個口袋。
やま 【山】 ②	山　　　　　　　　　　★ 例 学校の 向こうに 山が あります。 學校的對面有山。

ゆユ

ゆうがた 【夕方】 ⓪	傍晚，黃昏　　　　　　★★ 例 夕方から 雨です。 從傍晚開始會下雨。

ゆうはん
【夕飯】 ⓪

晚飯，晚餐 ★★

例 会社で 夕飯を 食べました。
在公司用了晚餐。

ゆうびんきょく
【郵便局】 ③

郵局 ★

例 今朝、郵便局へ 行きました。
今天早上去了郵局。

ゆうべ
【夕べ・昨夜】
③ ⓪

昨晚 ★★

例 夕べから 寒く なりました。
從昨晚開始變得很冷了。

ゆき
【雪】 ②

雪 ★

例 雪が 降りましたね。
下雪了耶！

よ ヨ

ようか
【八日】 ⓪

八天；八號 ★★

例 今日は 七月八日です。
今天是七月八號。

ようふく
【洋服】 ⓪

衣服 ★
（相對於日本「和服」的衣服，包含西裝、上衣、褲子、裙子等）

例 昨日、新しい 洋服を 買いました。
昨天買了新衣服。

よこ
【横】 ⓪

横；寬；旁邊 ★★

例 銀行は 郵便局の 横に あります。

銀行在郵局的旁邊。

よっか
【四日】 ⓪

四天；四號 ★★

例 昨日は 四月四日です。

昨天是四月四號。

よっつ
【四つ】 ③

四個；四歲 ★★

例 午後、パンを 四つ 食べました。

下午吃了四個麵包。

よる
【夜】 ①

晚上 ★★★

例 いつも 夜 十一時に 寝ます。

總是晚上十一點睡。

ら行

▶ MP3-09

らラ

ラジオ 【radio】 ①	收音機 例 ラジオを 聞(き)いて います。 正在聽收音機。

りリ

りゅうがくせい 【留学生】③④	留學生　　　　　　　　　　　★ 例 彼(かれ)は アメリカからの 留学生(りゅうがくせい)です。 他是來自美國的留學生。
りょうしん 【両親】 ①	父母，雙親　　　　　　　　　★★ 例 両親(りょうしん)は 旅行(りょこう)に 行(い)きました。 父母親去旅行了。
りょうり 【料理】 ①	菜；料理；做菜，烹調　　　　★★★ 例 この レストランの 料理(りょうり)は 美味(おい)しいです。 這家餐廳的菜很好吃。

れレ

れい 【零】 ①	零　　　　　　　　　　　　　★★★ 例 今(いま)は 零時半(れいじはん)です。 現在是凌晨十二點半。

れいぞうこ 【冷蔵庫】 ③	冰箱 ★★
	例 野菜を 冷蔵庫に 入れて ください。 請將蔬菜放進冰箱。

レストラン 【restaurant】①	餐廳 ★★★
	例 会社の 近くに レストランが あります。 公司附近有餐廳。

ろ ロ

ろく 【六】 ②	六；六個 ★★★
	例 授業は 六時に 終わります。 課程六點結束。

わ行 ▶ MP3-10

わ ワ

ワイシャツ 【white shirt】 ⓪	白色或淡色襯衫 ★
	例 ワイシャツを 着て いるのは 父です。 穿著白色襯衫的是家父。

▶ MP3-11

あそこ ⓪	那裡（指距離對話雙方皆遠處） ★★
	例 銀行は　あそこです。 銀行在那裡。

あちら ⓪	那位；那個；那裡；那邊 ★★ （指距離對話雙方皆遠的人、事物、地點、方向）
	例 図書館は　あちらに　あります。 圖書館在那邊。

あなた 【貴方・貴女】 ②	你；您；老公（妻子稱呼丈夫） ★★★
	例 あなたは　どこに　いますか。 你在哪裡呢？

あれ ⓪	那位；那件；那時；那裡；那個 ★★★ （指距離對話雙方皆遠的人事時地物）
	例 あれは　大学時代の　写真です。 那是大學時期的照片。

ここ ⓪	這裡（指距離說話者較近、聽話者較遠處）★★★
	例 ここが　台所です。 這裡是廚房。

こちら ⓪	這位；這個；這裡；這邊 ★★ （指距離說話者較近、聽話者較遠的人、事物、地點、方向）
	例 王さん、こちらは　陳さんです。 王先生，這位是陳小姐。

これ ⓪	這位；這件；這時；這裡；這個　　　★★★ （指距離說話者較近、聽話者較遠的人事時地物） 例 これは　英語で　何と　いいますか。 　　這個用英語怎麼說呢？
そこ ⓪	那裡（指距離說話者較遠、聽話者較近處）　★★★ 例 映画館は　そこです。 　　電影院在那邊。
そちら ⓪	那位；那個；那裡；那邊　　　　　　　★★ （指距離說話者較遠、聽話者較近的人、事物、地點、方向） 例 学校は　そちらに　あります。 　　學校在那邊。
それ ⓪	那位；那件；那時；那裡；那個　　　★★★ （指距離說話者較遠、聽話者較近的人事時地物） 例 それは　陳さんの　本です。 　　那是陳小姐的書。
わたくし 【私】 ⓪	我（較正式且有禮貌）　　　　　　　★★ 例 私を　連れて　行って　ください。 　　請帶我去。
わたし 【私】 ⓪	我　　　　　　　　　　　　　　　★★★ 例 これは　私が　作ったケーキです。 　　這是我做的蛋糕。

指示代名詞「こ・そ・あ・ど系統」

ここ、そこ、あそこ　　　⇒指「地點」

こちら、そちら、あちら　⇒指「人、事物、地點、方向」

これ、それ、あれ　　　　⇒指「人、事、時、地、物」

　　日本人對於「具體事物」在「遠近距離」上的判斷，是依據「說話者」
跟「聽話者」所在的位置而有所不同。

例①　A：「**それは　何ですか。**」

　　　　B：「**これは　玩具です。**」

　　　　⇒可見玩具離 A 較遠，離 B 較近。

例②　A：「**これは　何ですか。**」

　　　　B：「**これは　玩具です。**」

　　　　⇒可見玩具離 A、B 皆近，且 A、B 所在的位置相當接近。

　　　　（比如並肩而坐或站，或坐在同一會議桌旁開會……等）

例③　A：「**あそこは　何ですか。**」

　　　　B：「**あそこは　博物館です。**」

　　　　⇒可見博物館離 A、B 皆遠。

5-2
形容詞

新日檢 N5 當中，以「い」結尾的「形容詞」占了 7.99%，如「暑い（炎熱的）、寒い（寒冷的）」、「多い（多的）、少ない（少的）」、「高い（貴的）、安い（便宜的）」……等，都是 N5 考生必須熟記的基礎必考單字。

あ行

▶ MP3-12

あおい
【青い】 ②

藍色的；青色的；綠色的 ★★

例 <ruby>青<rt>あお</rt></ruby>い シャツを <ruby>着<rt>き</rt></ruby>て います。

穿著藍色襯衫。

あかい
【赤い】 ⓪

紅色的 ★★

例 <ruby>赤<rt>あか</rt></ruby>い セーターが <ruby>買<rt>か</rt></ruby>いたいです。

想買紅色的毛衣。

あかるい
【明るい】

⓪③

①明亮的

②（個性）開朗的 ★

例 ①この <ruby>部屋<rt>へ や</rt></ruby>は <ruby>明<rt>あか</rt></ruby>るいです。

這間房間很明亮。

②<ruby>彼女<rt>かのじょ</rt></ruby>は <ruby>明<rt>あか</rt></ruby>るいです。

她很開朗。

あたたかい
【暖かい】 ④

①溫暖的

②（個性）溫和的 ★★

例 ①<ruby>台湾<rt>たいわん</rt></ruby>の <ruby>春<rt>はる</rt></ruby>は <ruby>暖<rt>あたた</rt></ruby>かいです。

台灣的春天很溫暖。

②<ruby>彼<rt>かれ</rt></ruby>は <ruby>穏<rt>おだ</rt></ruby>やかで <ruby>暖<rt>あたた</rt></ruby>かいです。

他穩健且溫和。

あたらしい
【新しい】 ④

新的；新鮮的 ★★★

例 この シャツは <ruby>新<rt>あたら</rt></ruby>しいですか。

這件襯衫是新的嗎？

あつい 【厚い】 0	厚的；（感情）深厚的 ★
	例 この 本は 厚いです。 （ほん）（あつ） 這本書很厚。

あつい 【暑い】 2	炎熱的 ★★★
	例 今日は とても 暑いですね！ （きょう）（あつ） 今天非常熱呢！

あぶない 【危ない】 0 3	①危險的；危急的 ②令人擔心的 ★
	例 ①危ないです！ （あぶ） 危險！
	②水曜日の 天気は 危ないですね。 （すいようび）（てんき）（あぶ） 週三的天氣真令人擔心啊！

あまい 【甘い】 0	甜的 ★★
	例 彼女は 甘い ものが 好きです。 （かのじょ）（あま）（す） 她喜歡甜食。

いい 【好い・良い】 1	①好的 ②可以的；妥當的 ★★★
	例 ①王さんは いい 学生ですね！ （おう）（がくせい） 王同學真是位好學生啊！
	②午後は 来なくても いいです。 （ごご）（こ） 下午不來也可以。

いそがしい 【忙しい】 4	忙碌的 ★★
	例 父は 毎日 忙しいです。 （ちち）（まいにち）（いそが） 父親每天都很忙。

| いたい
【痛い】 ② | 痛的　　　　　　　　　　　　　　★★ |
| | 例 お腹（なか）が 痛（いた）いです。
肚子痛。 |

| うすい
【薄い】 ⓪② | ①薄的　②淡的　③淺的　　　　　★ |
| | 例 ①この 紙（かみ）は 薄（うす）いです。
　　這張紙很薄。
②この 料理（りょうり）は 味（あじ）が 薄（うす）いです。
　　這道菜味道很淡。
③薄（うす）い 色（いろ）が 好（す）きです。
　　喜歡淺色。 |

| おいしい
【美味しい】 ⓪③ | 好吃的，美味的　　　　　　　★★★ |
| | 例 母（はは）の 料理（りょうり）は 美味（おい）しいです。
母親做的菜很好吃。 |

| おおい
【多い】 ①② | 多的　　　　　　　　　　　　★★★ |
| | 例 姉（あね）は 友達（ともだち）が 多（おお）いです。
姊姊的朋友很多。 |

| おおきい
【大きい】 ③ | 大的　　　　　　　　　　　　★★★ |
| | 例 この みかんは 大（おお）きいです。
這顆橘子很大。 |

| おそい
【遅い】 ⓪② | ①晚的
②慢的；遲到的　　　　　　　★★ |
| | 例 ①もう 遅（おそ）いですね。
　　已經遲了耶！
②遅（おそ）く なって、すみません。
　　遲到了，抱歉！ |

| おもい
【重い】 ⓪ | 重的；沉重的 ★ |
| | 例 この　辞書は　重いです。
這本字典很重。 |

| おもしろい
【面白い】 ④ | 有趣的；滑稽的 ★★★ |
| | 例 この　本は　面白いです。
這本書很有趣。 |

か行

▶ MP3-13

| からい
【辛い】 ② | 辣的 ★★ |
| | 例 妹は　辛い　物が　嫌いです。
妹妹討厭辣的東西。 |

| かるい
【軽い】 ⓪ | 輕的；輕便的；輕鬆的；清淡的 ★ |
| | 例 この　かばんは　軽いです。
這個包包很輕。 |

| かわいい
【可愛い】 ③ | 可愛的；小巧玲瓏的 ★★★ |
| | 例 うちの　犬は　可愛いです。
我家的狗很可愛。 |

| きいろい
【黄色い】 ⓪ | 黃色的 ★★ |
| | 例 昨日、黄色い　セーターを　買いました。
昨天，買了黃色的毛衣。 |

| きたない
【汚い】 ③ | 骯髒的；不乾淨的 ★★ |
| | 例 汚い　台所ですね。
好髒的廚房啊！ |

くらい 【暗い】 ⓪	①暗的 ②（個性）陰鬱的　★★
	例 ①この　部屋は　暗いです。 這間房間很暗。 ②彼は　性格が　暗いです。 他個性很陰鬱。

くろい 【黒い】 ②	黑色的　★★
	例 黒い　洋服が　好きです。 喜歡黑色的衣服。

さ行

▶ MP3-14

さむい 【寒い】 ②	寒冷的　★★★
	例 昨夜は　寒かったです。 昨晚很冷。

しろい 【白い】 ②	白色的　★★
	例 白い　紙を　一枚　下さい。 請給我一張白紙。

すくない 【少ない】 ③	少的　★★★
	例 この　図書館は　人が　少ないです。 這間圖書館人很少。

すずしい 【涼しい】 ③	涼爽的　★★
	例 涼しい　風ですね。 好涼爽的風喔！

せまい 【狭い】 ②	狭窄的；狹小的　★★ 例 学生達の　部屋は　狭いです。^{がくせいたち　へや　せま} 學生們的房間很狹小。

た行

▶ MP3-15

たかい 【高い】 ②	①高的 ②貴的　★★★ 例 ①学校の　向こうに　高い　山が　あります。^{がっこう　む　たか　やま} 　學校的對面有高山。 ②最近、野菜が　高いです。^{さいきん　やさい　たか} 　最近，蔬菜很貴。
たのしい 【楽しい】 ③	愉快的；高興的　★★★ 例 今日は　楽しい　一日でした。^{きょう　たの　いちにち} 今天真是愉快的一天。
ちいさい 【小さい】 ③	小的；瑣碎的；年輕的　★★★ 例 小さい　子供は　可愛いです。^{ちい　こども　かわい} 小朋友很可愛。
ちかい 【近い】 ②	近的　★★ 例 ここは　デパートに　近いです。^{ちか} 這裡離百貨公司很近。
つまらない ③	無趣的；無聊的　★★ 例 この　本は　私には　つまらないです。^{ほん　わたし} 這本書對我來説很無趣。

| つめたい【冷たい】 ⓪③ | ①冷的
②（態度）冷漠的 ★★ |
| | 例 ①冷^{つめ}たい 水^{みず}を 一杯^{いっぱい} 飲^のみました。
喝了一杯冷水。

②彼^{かれ}は 冷^{つめ}たいです。
他很冷漠。 |

① 冷たい 水を 一杯 飲みました。
② 彼は 冷たいです。

| つよい【強い】 ② | 強的；有力的；擅長的 ★★★ |
| | 例 今日^{きょう}は 風^{かぜ}が 強^{つよ}いです。
今天的風很強。 |

| とおい【遠い】 ⓪ | （距離）遠的；（時間）久遠的；（關係）疏遠的 ★★ |
| | 例 私^{わたし}の 家^{うち}は 駅^{えき}から 遠^{とお}いです。
我的家離車站很遠。 |

な行

▶ MP3-16

| ない【無い】 ① | 沒有 ★★★ |
| | 例 お金^{かね}が ないです。
沒有錢。 |

| ながい【長い】 ② | （距離、長度）長的；（時間）長久的；長遠的 ★★ |
| | 例 この 鉛筆^{えんぴつ}は 長^{なが}いです。
這枝鉛筆很長。 |

は行

▶ MP3-17

はやい 【早い】 ②	早的 ★★	
	例 今日は 早いですね。 今天真早啊！	

はやい 【速い】 ②	快的，迅速的 ★★
	例 彼は 本を 書くのが 速いです。 他寫書很快。

ひくい 【低い】 ②	低的；矮的 ★★
	例 彼女は 背が 低いです。 她很矮。

ひろい 【広い】 ②	寬闊的 ★★
	例 この 庭は 広いです。 這個院子很寬闊。

ふとい 【太い】 ②	粗的；肥胖的 ★★
	例 彼女は 足が 太いです。 她的腿很粗。

ふるい 【古い】 ②	老舊的；過時的；以前的 ★★
	例 この 椅子は 古いです。 這把椅子很老舊。

ほしい 【欲しい】 ②	想要的；想做的 ★★★
	例 新しい スマートフォンが 欲しいです。 想要新的智慧型手機。

| ほそい
【細い】 ② | 細的；細小的 ★★ |
| | 例 彼女は 足が 細いです。
（かのじょ）（あし）（ほそ）
她的腿很細。 |

ま行

▶ MP3-18

| まずい
【不味い】 ② | 不好吃的；難吃的 ★★★ |
| | 例 彼女の 料理は まずいです。
（かのじょ）（りょうり）
她做的菜很難吃。 |

| まるい
【丸い・円い】 ⓪② | 圓的；球形的 ★★ |
| | 例 あの 子は 目が 丸いです。
（こ）（め）（まる）
那個孩子的眼睛圓圓的。 |

| みじかい
【短い】 ③ | （距離、長度）短的；（時間）短暫的；短促的 ★★ |
| | 例 先週、短い スカートを 買いました。
（せんしゅう）（みじか）（か）
上週，買了短裙。 |

| むずかしい
【難しい】 ④⓪ | 困難的；麻煩的；難懂的 ★★ |
| | 例 昨日の テストは 難しかったです。
（きのう）（むずか）
昨天的考試很難。 |

や行

▶ MP3-19

| やさしい
【易しい】 ⓪③ | 簡單的，容易的；易懂的 ★★ |
| | 例 昨日の テストは 易しかったです。
（きのう）（やさ）
昨天的考試很簡單。 |

やすい【安い】 ②	便宜的，低廉的 ★★★
	例 この　スーパーの　ものは　安^{やす}いです。 這家超市的東西很便宜。

よわい【弱い】 ②	弱的；軟弱的；不擅長的 ★★
	例 今日^{きょう}は　風^{かぜ}が　弱^{よわ}いです。 今天的風很弱。

わ行

▶ MP3-20

わかい【若い】 ②	年輕的；嫩的；朝氣蓬勃的 ★★
	例 彼女^{かのじょ}は　三人^{さんにん}の　中^{なか}で　一番^{いちばん}　若^{わか}いです。 她是三個人當中最年輕的。

わるい【悪い】 ②	不好的；壞的 ★★★
	例 私^{わたし}は　頭^{あたま}が　悪^{わる}いです。 我的頭腦不好。

メモ

5-3
形容動詞

　　新日檢 N5 當中，以「な」結尾的「形容動詞」占了 2.76%，如「好きな（喜歡的）、嫌いな（討厭的）」、「静かな（寧靜的）、賑やかな（熱鬧的）」、「上手な（擅長的）、下手な（不擅長的）」……等，是日語當中，有別於他國語言的獨特詞性，好好認識這些身分特殊的基礎必考單字吧！

あ行

▶ MP3-21

いや 【嫌】 ②	討厭；厭煩；不願意 ★★
	例 歴史の 授業が だんだん 嫌に なります。 越來越討厭歷史課了。

いろいろ 【色々・色色】 ⓪	①各式各樣；各種 ②許多（當副詞用） ★★★
	例 ①台湾では 色々な ところを 旅行しました。 在台灣，旅行過各式各樣的地方。 ②色々 お世話に なりました。 承蒙您多方關照了。

か行

▶ MP3-22

きらい 【嫌い】 ⓪	不喜歡；討厭；厭惡 ★★★
	例 生物が 嫌いです。 不喜歡生食。

きれい 【綺麗】 ①	①漂亮，好看 ②乾淨 ★★★
	例 ①あの 女の子は 綺麗です。 那個女孩很漂亮。 ②林さんの 部屋は 綺麗です。 林小姐的房間很乾淨。

けっこう【結構】①

①不要了　②太好了　③相當（當副詞用）　★★

例 ①それは　結構<ruby>けっこう</ruby>です。
那不要了！

②それは　結構<ruby>けっこう</ruby>ですね。
那太好了！

③ラーメンは　結構<ruby>けっこう</ruby>　美味<ruby>おい</ruby>しいですよ。
拉麵相當好吃耶！

げんき【元気】①

健康；有精神　★★★

例 お母<ruby>かあ</ruby>さんは　お元気<ruby>げんき</ruby>ですか。
令堂好嗎？

さ行

▶ MP3-23

しずか【静か】①

安靜；寧靜　★

例 静<ruby>しず</ruby>かな　夜<ruby>よる</ruby>ですね！
好寧靜的夜晚啊！

じょうず【上手】③

厲害；擅長　★★★

例 彼女<ruby>かのじょ</ruby>は　ピアノを　上手<ruby>じょうず</ruby>に　弾<ruby>ひ</ruby>きます。
她鋼琴彈得很好。

じょうぶ【丈夫】⓪

①健壯；健康
②堅固；結實　★★

例 ①あの　子<ruby>こ</ruby>は　体<ruby>からだ</ruby>が　丈夫<ruby>じょうぶ</ruby>ですか。
那個孩子身體好嗎？

②この　靴<ruby>くつ</ruby>は　丈夫<ruby>じょうぶ</ruby>です。
這雙鞋子很耐穿。

すき 【好き】　2	①喜歡 ②愛　　　　　　　　　　　★★★
	例 ①甘いものが　好きですか。 　　喜歡甜食嗎？ ②彼女が　好きに　なりました。 　　愛上她了。

た行

▶ MP3-24

だいじょうぶ 【大丈夫】　3	沒關係，不要緊　　　　　　　★★★ 例 大丈夫ですか。 　　不要緊吧？
だいすき 【大好き】　1	最喜歡 例 母は　パンを　作るのが　大好きです。 　　母親最喜歡做麵包了。
たいせつ 【大切】　0	重要；珍惜；珍愛　　　　　　★★ 例 この　手紙は　大切です。 　　這封信很重要。
たいへん 【大変】　0	①不容易；不得了；辛苦　　　★★★ ②非常（當副詞用） 例 ①日本で　生活するのは　大変です。 　　在日本生活很不容易。 ②彼は　一日中　大変　忙しかったです。 　　他一整天都非常忙碌。

な行

▶ MP3-25

にぎやか【賑やか】 ②

熱鬧；繁華 ★

例 日曜日の 公園は 賑やかです。
週日的公園很熱鬧。

は行

▶ MP3-26

へた【下手】 ②

差勁；笨拙；不擅長 ★★★

例 私は 日本語が 下手です。
我的日文很差。

べんり【便利】 ①

方便，便利 ★★★

例 地下鉄が 便利です。
地鐵很方便。

ほんとう【本当】 ⓪

真正；真實 ★★★

例 それは 本当ですか。
那是真的嗎？

や行

▶ MP3-27

ゆうめい【有名】 ⓪

有名，著名 ★★★

例 彼は 有名な 医者です。
他是位有名的醫生。

ら行

▶ MP3-28

りっぱ
【立派】　⓪

出色；了不起；很棒

例　彼は　成績が　立派です。
他的成績很出色。

5-4
動詞・
補助動詞

　　新日檢 N5 當中，「動詞・補助動詞」的部分，占了 17.63%，如「食べる、飲む（吃、喝）」、「入る、出る（進、出）」、「買う、売る（買、賣）」、「聞く、言う、読む、書く（聽、說、讀、寫）」……等，都是日常生活中使用頻率相當高的基本單字，必考指數相當高，好好背起來吧！

學習小專欄　　　　**本系列書的動詞分類**

◆ 本書在動詞的分類上，首先區分為兩大類：

　1. 不需要目的語（受格）的「自動詞」，標示為「**自**」。

　2. 需要目的語（受格）的「他動詞」，標示為「**他**」。

　　「自他動詞」的標記，主要是依據「**標準国語辞典（日本「旺文社」出版）**」來標示，並參考「**例解新国語辞典（日本「三省堂」出版）**」中的例句來調整。

◆ 其次，再依據動詞的活用（語尾的變化），以「字典形」來分類，標示各類詞性：

　1.「五段動詞」，標示為「**五**」，包含三類：

　　①字尾不是「る」者，都是「五段動詞」，例如：「行<ruby>く<rt>い</rt></ruby>」、「指<ruby>す<rt>さ</rt></ruby>」、「手伝<ruby>う<rt>てつだ</rt></ruby>」……等。

　　②字尾是「る」，但「る」的前一個字是ア、ウ、オ行音者，也是「五段動詞」，例如：「終<ruby>わる<rt>お</rt></ruby>」、「被<ruby>る<rt>かぶ</rt></ruby>」、「直<ruby>る<rt>なお</rt></ruby>」……等。

　　③除了①②的規則之外，有一些「外型神似上下一段動詞」，但實際卻是「五段動詞」的單字，例如：「帰<ruby>る<rt>かえ</rt></ruby>」、「限<ruby>る<rt>かぎ</rt></ruby>」、「切<ruby>る<rt>き</rt></ruby>」、「知<ruby>る<rt>し</rt></ruby>」、「滑<ruby>る<rt>すべ</rt></ruby>」……等，本書特別標示為「特殊的五段動詞」，提醒讀者注意。

　2.「上一段動詞」，標示為「**上一**」，字尾是「る」，但「る」的前一個字是イ行音者。

　3.「下一段動詞」，標示為「**下一**」，字尾是「る」，但「る」的前一個字是エ行音者。

　4.「サ行變格動詞（名詞＋する）」，標示為「**名・サ**」

　　①狹義上只有「する」。

　　②廣義上則是由「帶有動作含義的名詞＋する」所組成，例如「電話<rt>でん わ</rt>」這個單字，既含有「電話」的名詞詞性，又帶有「打電話」的動作含義，所以在其後加上「する」，就可以當成動詞來使用。像這類同時具有「名詞」與「動詞」雙重身分的單字，在日語中占了相當大的分量，是讀者必須特別花心思學習的地方。

　5.「カ行變格動詞」，標示為「**カ**」，只有一個，就是「来<ruby>る<rt>く</rt></ruby>」。

あ行

▶ MP3-29

あア

あう 【会う】 自五 ①	見面；會面；碰見	★★★
	例 陳さんと 公園で 会いました。 在公園與陳先生碰了面。	

5-4
動詞・補助動詞

あく 【開く】 自五 ⓪	開，打開；開業	★★
	例 ドアが 開きました。 門開了。	

あける 【開ける】 他下一 ⓪	開，打開；開業	★★
	例 窓を 開けます。 開窗戶。	

あげる 【上げる】 他下一 ⓪	舉起；抬起	★
	例 答えが 分かった人は 手を 上げて ください。 知道答案的人請舉手。	

あそぶ 【遊ぶ】 自五 ⓪	玩耍；空閒	★★
	例 廊下で 遊ばないで ください。 請不要在走廊玩耍。	

あびる 【浴びる】 他上一 ⓪	淋浴；澆灌；曬	★
	例 妹は 毎朝、シャワーを 浴びます。 妹妹每天早上淋浴。	

あらう 【洗う】 他五 ⓪	清洗；沖洗；洗滌	★★
	例 今朝、靴を 洗いました。 今天早上洗了鞋子。	

ある
【有る】 自五 ①

有；擁有；具有 ★★★

例 うちの 近くに 小学校が あります。
我家附近有小學。

ある
【在る】 自五 ①

在；存在 ★★★

例 鉛筆は 机の 上に あります。
鉛筆在桌上。

あるく
【歩く】 自五 ②

走路，步行 ★★

例 私は 毎日、歩いて 学校へ 行きます。
我每天走路上學。

いイ

いう・ゆう
【言う】
自他五 ⓪

說話，講話 ★★★

例 何か あったら、言って ください。
如果有什麼事的話，請告訴我。

（註：跟「説話」相關的這一類動詞，都具有自他動詞的雙重身分。）

いく
【行く】
自五 ⓪

去；往 ★★★

例 林さんは 日本へ 行きました。
林小姐去了日本。

いる
【居る】
自上一 ⓪

有；在；居住 ★★★

例 林さんは 今、台湾に いません。
林小姐現在不在台灣。

いる 【要る】 自五 ⓪	要；需要（屬於特殊的五段動詞） ★★★
	例 私は 何も 要りません。 わたし なに い 我什麼都不需要。

いれる 【入れる】 他下一 ⓪	放進；加入 ★★
	例 お金を 財布に 入れました。 かね さい ふ い 把錢放進了錢包。

うウ

うたう 【歌う】 他五 ⓪	唱歌
	例 歌を 歌うのが 好きですか。 うた うた す 喜歡唱歌嗎？

うまれる 【生まれる・生れる】 自下一 ⓪	出生，誕生；出現
	例 ペットの 犬に 子供が 生まれました。 いぬ こ ども う 寵物狗生小狗了。

うる 【売る】 他五 ⓪	賣，販售 ★★★
	例 この 店は 美味しい パンを 売って います。 みせ お い う 這間店有賣好吃的麵包。

おオ

おきる 【起きる】 自上一 ②	站起來；起床；醒著；發生 ★★★
	例 起きる 時間ですよ。 お じ かん 該起床囉！

おく【置く】 他五 0

放置；設置；留下 ★★

例 机の 上に 飲み物を 置かないで ください。
桌上請不要放飲料。

おしえる【教える】 他下一 0

教導；告知 ★★

例 叔父さんは 大学で 英語を 教えて います。
叔叔在大學教英語。

おす【押す】 他五 0

按壓；推 ★

例 白い ボタンを 押して ください。
請按白色按鈕。

おぼえる【覚える】 他下一 3

記得；學會 ★★

例 高橋先生を 覚えて いますか。
記得高橋老師嗎？

およぐ【泳ぐ】 自五 2

游泳

例 彼は プールで 泳いで います。
他正在泳池游泳。

おりる【降りる・下りる】 自上一 2

落下；降落；下來 ★★

例 電車を 降りました。
下電車了。

（註：此句的助詞雖然用「を」，但「降りる」並不是「他動詞」，並非動作直接作用的對象。）

おわる【終わる・終る】 自五 0

結束 ★★

例 授業は 四時に 終わります。
課程四點結束。

かカ

かいもの (する) 【買い物・買物】 名・自サ ⓪	買東西，購物　　　　　　★★★ 例 弟と スーパーで 買い物して います。 正跟弟弟在超市買東西。
かう 【買う】 他五 ⓪	買，購買　　　　　　　　★★★ 例 兄は 新しい カメラを 買いました。 哥哥買了新的相機。
かえす 【返す】 他五 ①	歸還；退還；送回　　　　★★ 例 友達に お金を 返しました。 還錢給朋友了。
かえる 【帰る】 自五 ①	回來；回去（屬於特殊的五段動詞）　★★★ 例 近藤さんは もう 家へ 帰りました。 近藤小姐已經回家了。
かかる 【掛かる】 自五 ②	花費；懸掛；淋上　　　　★★ 例 これは いくら 掛かりますか。 這個要多少錢呢？
かく 【書く】 他五 ①	書寫；寫作　　　　　　　★★★ 例 彼は 本を 書いて います。 他正在寫書。
かく 【描く】 他五 ①	畫；繪製；描繪　　　　　★ 例 彼女は 絵を 描いて います。 她正在畫圖。

5-4
動詞 -
補助動詞

かける 【掛ける】 他下一 [2]	掛在；繫上；戴上；淋上　　★★ 例 <ruby>父<rt>ちち</rt></ruby>は　<ruby>眼鏡<rt>めがね</rt></ruby>を　<ruby>掛<rt>か</rt></ruby>けて　います。 父親戴著眼鏡。
かす 【貸す】他五 [0]	借出；出租　　★★ 例 <ruby>本<rt>ほん</rt></ruby>を　<ruby>貸<rt>か</rt></ruby>して　ください。 請借我書。
かぶる 【被る】他五 [2]	戴（帽子）；蓋（棉被）　　★ 例 <ruby>妹<rt>いもうと</rt></ruby>は　<ruby>帽子<rt>ぼうし</rt></ruby>を　<ruby>被<rt>かぶ</rt></ruby>って　います。 妹妹戴著帽子。
かりる 【借りる】 他上一 [0]	借入；借助　　★★ 例 <ruby>彼<rt>かれ</rt></ruby>は　<ruby>友達<rt>ともだち</rt></ruby>から　お<ruby>金<rt>かね</rt></ruby>を　<ruby>借<rt>か</rt></ruby>りました。 他向朋友借了錢。

きキ

きえる 【消える】 自下一 [0]	消失；融化；熄滅　　★ 例 <ruby>字<rt>じ</rt></ruby>が　<ruby>消<rt>き</rt></ruby>えました。 字消失了。
きく 【聞く】他五 [0]	聽；詢問　　★★★ 例 <ruby>母<rt>はは</rt></ruby>は　<ruby>音楽<rt>おんがく</rt></ruby>を　<ruby>聞<rt>き</rt></ruby>きながら、ご<ruby>飯<rt>はん</rt></ruby>を　<ruby>作<rt>つく</rt></ruby>ります。 媽媽一邊聽音樂，一邊做飯。
きる 【切る】他五 [1]	剪；裁剪；切（屬於特殊的五段動詞）　　★★ 例 ナイフで　<ruby>果物<rt>くだもの</rt></ruby>を　<ruby>切<rt>き</rt></ruby>って　ください。 請用小刀切水果。

きる
【着る】
他上一 ⓪

穿 ★★★

例 赤い シャツを 着て いるのは 母です。
穿著紅襯衫的是家母。

くク

ください
【下さい】
他 ③

請給我～（動詞「下さる」的命令形） ★★★

例 ビールを 下さい。
請給我啤酒。

くもる
【曇る】 自五 ②

（天）陰；模糊不清 ★

例 空が 曇って きました。
天空變陰了。

くる
【来る】 自力 ①

來；到來（特殊的力行變格動詞） ★★★

例 また、台湾に 遊びに 来て ください。
請再來台灣玩。

けケ

けす
【消す】 他五 ⓪

撲滅；關掉 ★★

例 電気を 消して ください。
請關燈。

けっこん （する）
【結婚】
名・自サ ⓪

結婚 ★★

例 去年の 一月に 結婚しました。
去年一月結婚了。

こコ

| こたえる
【答える】
自下一 ② ③ | 回答；解答 ★★ |
| | 例 私の 質問に 答えて ください。
請回答我的提問。 |

| コピー (する)
【copy】
名・他サ ① | 複製；拷貝；影印 ★★ |
| | 例 これを 三枚、コピーして ください。
這個，請影印三張。 |

| こまる
【困る】 自五 ② | 困難；苦惱；困窘 ★★ |
| | 例 困ったときには、先生に 聞いて ください。
苦惱時，請找老師。 |

さ行

さサ

さく
【咲く】 自五 ⓪

花開

例 庭に 花が 咲きました。
院子裡，花開了。

さす
【差す】 他五 ①

（撑）傘 ★

例 雨が 降り出したので、傘を 差して 出掛けましょう。
因為開始下雨了，所以撑傘外出吧！

さす
【挿す】 他五 ①

插花

例 花を 花瓶に 挿します。
把花插在花瓶裡。

さんぽ (する)
【散歩】
名・自サ ⓪

散歩 ★

例 両親は 公園を 散歩して います。
父母親正在公園裡散步。

（註：此句的助詞雖然用「を」，但「散歩する」並不是「他動詞」，並非動作直接作用的對象。）

しシ

しつもん (する)
【質問】
名・自他サ ⓪

提問；詢問 ★★

例 質問しても いいですか。
可以提問嗎？

しぬ 【死ぬ】 自五 0	死亡	★
	例 人間は　いつか　死にます。 人總有一天會死的。	

しまる 【閉まる】 自五 2	關門；關閉；停止營業	★★
	例 郵便局は　もう　閉まりました。 郵局已經關門了。	

しめる 【閉める】 他下一 2	關閉；打烊；倒閉；合上	★★
	例 店を　閉めました。 商店倒閉了。	

しめる 【締める】 他下一 2	繫上；勒緊	
	例 ネクタイを　締めて　ください。 請繫上領帶。	

しる 【知る】 他五 0	知道；認識；理解；得知（屬於特殊的五段動詞） ★★★	
	例 お祖父さんは　何でも　知って　います。 爺爺無所不知。	

すス

すう 【吸う】 他五 0	吸；抽；吸收	★
	例 お父さんは　たばこを　吸いますか。 令尊抽菸嗎？	

すむ 【住む】 自五 1	居住；棲息	★★
	例 両親と　一緒に　住んで　います。 跟父母一起住。	

する	自他サ 0	做；進行（他動詞）；價值；經過（自動詞）（特殊的サ行變格動詞）★★★

例 午前中、何を　しましたか。
ご ぜんちゅう　なに

上午做了什麼呢？

すわる 【座る・坐る】		坐；跪坐　　　　　　　　　　　　　　　　　　★★
	自五 0	

例 座って　ください。
すわ

請坐。

せセ

せんたく（する） 【洗濯】		洗滌；洗衣服　　　　　　　　　　　　　　　★★
	名・他サ 0	

例 今朝、洗濯しました。
け さ　せんたく

今天早上洗了衣服。

そソ

そうじ（する） 【掃除】		打掃；清除　　　　　　　　　　　　　　　　★★
	名・他サ 0	

例 弟は　庭を　掃除して　います。
おとうと　にわ　そうじ

弟弟正在打掃庭院。

た行　　　　　　　　　　　　　　　▶ MP3-32

たタ

だす
【出す】 他五 [1]

寄出；交出；拿出　　　　　　　　　★★★

例 宿題を　出して　ください。
請交作業。

たつ
【立つ】 自五 [1]

站立　　　　　　　　　　　　　　★★

例 立って　食べるのは　体に　悪いです。
站著吃東西對身體不好。

たのむ
【頼む】 他五 [2]

請求；委託；倚賴　　　　　　　　　★

例 私に　何でも　頼んで　ください。
凡事都可以倚賴我。

たべる
【食べる】
他下一 [2]

吃　　　　　　　　　　　　　　　★★★

例 今、家族と　一緒に　晩ご飯を　食べて　います。
現在，正跟家人一起吃晚飯。

ちチ

ちがう
【違う】 自五 [0]

不同；不對　　　　　　　　　　　★★★

例 色が　違って　います。
顏色不對。

つツ

つかう【使う】 他五 0

使用；使喚 ★★★

例 箸を 使って ご飯を 食べます。

用筷子吃飯。

つかれる【疲れる】 自下一 3

疲倦，疲勞 ★★★

例 一日中 本を 読んで 目が 疲れました。

因為一整天看書，所以眼睛很疲勞。

つく【着く】 自五 1 2

抵達；寄達 ★★

例 何時に 着きましたか。

幾點抵達的呢？

つくる【作る】 他五 2

做；創作 ★★★

例 毎朝、朝ご飯を 作りますか。

每天早上做早餐嗎？

つける【点ける】 他下一 2

點燃；打開 ★★

例 店の 電気を 点けました。

打開了店裡的電燈。

つとめる【勤める】 自下一 3

工作；任職 ★

例 彼女は 図書館に 勤めて います。

她在圖書館工作。

5-4
動詞・補助動詞

て テ

| でかける
【出掛ける】
自下一 ⓪ | 出去；出門 ★★ |
| | 例 毎朝 六時半に 出掛けます。
　　まいあさ　ろくじはん　　でか
每天早上六點半出門。 |

| できる
【出来る】
自上一 ② | 完成；能夠 ★★★ |
| | 例 彼は ギターを 弾くことが できます。
　　かれ　　　　　　ひ
他會彈吉他。 |

でる 【出る】 自下一 ①	出去；出來；出發；出現；出席；出產；超出；離開；畢業 ★★★
	例 毎朝 六時半に 家を 出ます。 　　まいあさ　ろくじはん　いえ　　で 每天早上六點半出門。
	（註：此句的助詞雖然用「を」，但「出る」並不是「他動詞」，並非動作直接作用的對象。）

| でんわ（する）
【電話】
名・自サ ⓪ | 打電話 ★★★ |
| | 例 午後 三時に、孫さんに 電話しました。
　　ごご　さんじ　　そん　　　　でんわ
下午三點，打電話給孫小姐了。 |

と ト

| とぶ
【飛ぶ】 自五 ⓪ | 飛行；飛翔 ★ |
| | 例 飛行機は 北の 方へ 飛んで いきました。
　　ひこうき　　きた　ほう　と
飛機往北方飛去了。 |

とまる 【止まる】 自五 ⓪	停止；停靠　　　　　　　　　　　★★ 例 この バスは 図書館の 近くに 止まりません。 這公車不停靠圖書館附近。
とる 【取る】 他五 ①	拿；取；握　　　　　　　　　　★★★ 例 一枚ずつ 取って ください。 請一張一張拿。
とる 【撮る】 他五 ①	拍照；攝影　　　　　　　　　　　★★ 例 この 写真は よく 撮れて います。 這張照片拍得好。

な行

▶ MP3-33

なナ

なく【鳴く】 自五 ⓪

鳴叫

例 今、鳴いて いる鳥は 何と いう 鳥ですか。
現在在叫的鳥叫什麼鳥呢？

なくす【無くす】 他五 ⓪

喪失；弄丟 ★

例 先週、かばんを 無くしました。
上週，把包包弄丟了。

ならう【習う】 他五 ②

學習；練習 ★★

例 彼女は 英語を 習って います。
她正在學英語。

ならぶ【並ぶ】 自五 ⓪

並排；排隊 ★★

例 私は 先生と 並んで 座って います。
我跟老師並排坐著。

ならべる【並べる】 他下一 ⓪

排列；陳列；擺放 ★

例 本を 本棚に 並べて ください。
請將書擺放在書架上。

なる【成る】 自五 ①

變成；成為 ★★★

例 もう 十一時に なりました。
已經十一點了。

ぬヌ

ぬぐ
【脱ぐ】他五①

脱掉 ★★

例 暑いから、コートを　脱ぎました。

因為很熱，所以把外套脱了。

ねネ

ねる
【寝る】自下一⓪

睡覺，就寢；躺下 ★★★

例 毎晩、何時に　寝ますか。

每天晚上幾點睡呢？

のノ

のぼる
【登る】自五⓪

攀登；上升 ★

例 山に　登るのが　好きです。

喜歡登山。

のむ
【飲む】他五①

喝 ★★★

例 コーヒーを　飲みますか。

喝咖啡嗎？

のる
【乗る】自五⓪

搭乘；騎乘 ★★★

例 弟は　毎朝、電車に　乗って　学校へ　行きます。

弟弟每天早上搭電車上學。

は行

▶ MP3-34

はハ

| はいる【入る】 自五 ① | 進入；容納（特殊的五段動詞） ★★★ |
| | 例 教室に 入って ください。
請進教室。 |

| はく【穿く】 他五 ⓪ | 穿（下半身的衣物） ★★ |
| | 例 青い スカートを 穿いて いるのは 私の 姉です。
穿藍色裙子的是我姊姊。 |

| はく【履く】 他五 ⓪ | 穿（鞋襪等） ★★ |
| | 例 赤い 靴を 履いて いるのは 私の 妹です。
穿紅色鞋子的是我妹妹。 |

| はじまる【始まる】 自五 ⓪ | 開始 ★★★ |
| | 例 もうすぐ 冬休みが 始まります。
寒假快開始了。 |

| はじめる【始める】 他下一 ⓪ | 開始 ★★★ |
| | 例 一月から 英語の 勉強を 始めます。
從一月開始學英語。 |

| はしる【走る】 自五 ② | 跑；行駛（屬於特殊的五段動詞） ★★ |
| | 例 教室の 中で 走らないで ください。
請不要在教室裡面奔跑。 |

| はたらく【働く】 自他五 ⓪ | 工作；勞動；起作用（自動詞）；做壞事（他動詞） ★★ |
| | 例 私は 毎日 八時間 働きます。
我每天工作八小時。 |

はなす
【話す】
自他五 ②

説話；談話；告訴 ★★★

例 後で 話しましょう。
あと　　　はな

之後再談吧！

（註：跟「說話」相關的這一類動詞，都具有自他動詞的雙重身分。）

はる
【貼る】 他五 ⓪

貼上，黏上 ★

例 切手を 封筒に 貼りました。
きって　　ふうとう　　は

將郵票貼在信封上了。

はれる
【晴れる】
自下一 ②

放晴 ★★

例 今日は 晴れて います。
きょう　　は

今天放晴。

ひヒ

ひく
【引く】 他五 ⓪

拖；拉；查閱 ★★

例 辞書を 引きます。
じしょ　　ひ

查字典。

ひく
【弾く】 他五 ⓪

彈奏 ★

例 兄は ギターを 弾いて います。
あに　　　　　　　ひ

哥哥正在彈吉他。

ふフ

ふく
【吹く】
自他五 ① ②

颱風；吹 ★

例 今晩は　涼しい　風が　吹いて　います。
今晩吹著涼風。

ふる
【降る】
自五 ①

落下；降下 ★★

例 今、雨が　降って　いますか。
現在正下著雨嗎？

へヘ

べんきょう (する)
【勉強】
名・自他サ ⓪

讀書；學習 ★★★

例 弟は　部屋で　勉強して　います。
弟弟正在房間讀書。

ま行

まマ

まがる
【曲がる・曲る】
自五 ⓪

彎曲；拐彎 ★

例 その 角を 左に 曲がって ください。

請在那個轉角左轉。

（註：此句的助詞雖然用「を」，但「曲がる」並不是「他動詞」，並非動作直接作用的對象。）

まつ
【待つ】 他五 ①

等待；期待 ★★★

例 教室の 前で 待って ください。

請在教室前面等。

みミ

みがく
【磨く】 他五 ⓪

刷洗；磨練；擦亮 ★★

例 毎朝、歯を 磨いて ください。

請每天早上刷牙。

みせる
【見せる】
他下一 ②

讓〜看 ★★★

例 旅行の 写真を 見せて ください。

請讓我看旅行的照片。

みる
【見る】
他上一 ①

看；參觀；照顧 ★★★

例 毎晩、テレビを 見ますか。

每天晚上看電視嗎？

もモ

もうす
【申す】

自他五 1

說；叫做（「言う」的謙讓語）

例 私は 鄭と 申します。
敝姓鄭。

（註：跟「說話」相關的這一類動詞，都具有自他動詞的
雙重身分。）

もつ
【持つ】

自他五 1

帶；拿；擁有（他動詞）；保持（自動詞）★★★

例 車を 持って いますか。
有車子嗎？

▶ MP3-36

やヤ

やすむ 【休む】 自他五 2	請假（他動詞）；休息（自動詞）	★★★

例 ゆっくり 休<small>やす</small>んで ください。
請好好休息。

やる 【遣る】 他五 0	做；進行；經營；給予	★★★

例 兄<small>あに</small>は 喫茶店<small>きっさてん</small>を やって います。
哥哥經營咖啡廳。

よヨ

よぶ 【呼ぶ】 他五 0	呼喚；召喚；邀請	★★

例 医者<small>いしゃ</small>を 呼<small>よ</small>びましょう。
叫醫生吧！

よむ 【読む】 他五 1	看；閱讀；唸，朗讀	★★

例 本<small>ほん</small>を 読<small>よ</small>むのが 好<small>す</small>きです。
喜歡看書。

ら行

▶ MP3-37

りリ

りょこう (する)
【旅行】

名・自サ 0

旅行　　　　　　　　　　　　★★★

例 私達は　毎年、一緒に　旅行します。
我們每年一起旅行。

れレ

れんしゅう (する)
【練習】

名・他サ 0

練習　　　　　　　　　　　　★★

例 家で　料理を　練習して　います。
在家練習做菜。

わ行

ワワ

わかる **【分かる】** 自五 ②	知道；理解	★★★

例 私_{わたし}の　質問_{しつもん}が　分_わかりますか。

理解我的問題嗎？

わすれる **【忘れる】** 他下一 ⓪	忘記	★★★

例 私_{わたし}の　名前_{なまえ}を　忘_{わす}れましたか。

忘記我的名字了嗎？

わたす **【渡す】** 他五 ⓪	交付；遞給	★★

例 本_{ほん}を　姉_{あね}に　渡_{わた}しました。

把書拿給姊姊了。

わたる **【渡る】** 自五 ⓪	渡；經過	★

例 この　橋_{はし}を　渡_{わた}ると　台北_{たいぺい}です。

過了這座橋就是台北了。

（註：此句的助詞雖然用「を」，但「渡_{わた}る」並不是「他動詞」，並非動作直接作用的對象。）

▶ MP3-39

ください ③	請幫我～；請～ （用於請求某人做某事時，當補助動詞時不寫漢字）

例 ちょっと 待って くださいᴷ。
請稍等一下。

動詞「下さい」與補助動詞「～てください」、「お～ください」

動詞「下さい（或寫成假名「ください」）」表示「請給我～」，用於「購物」或是「索取某物」時，是「客氣、尊敬、有禮貌」的表現。

補助動詞「～てください」表示「請幫我～；請～」，用於「請求某人做某事」時；而句型「お～ください」則表示「對動作者的敬意」。

例① **紙を 一枚 下さい。** 請給我一張紙。

（用於「索取某物」時）

例② **名前を 書いて ください。** 請寫名字。

（用於「請求某人做某事」時）

例③ **お掛け ください。** 請坐。

（表示「對動作者的敬意」）

⇒其中例①是動詞，用「下さい」表示；例②、例③是「補助動詞」，用「ください」表示。

5-5
副詞・
副助詞

新日檢 N5 當中，「副詞・副助詞」的部分，占了 6.47%，大部分是「時間副詞」，如「今年（今年）」、「毎週（每週）」、「午後（下午）」……等；以及幾個簡單的「副助詞」，如「ずつ（各～）」、「だけ（只有）」、「など（～等）」……等，每個單字都有其獨特的意義與用法，值得認真學習。

あ行

▶ MP3-40

あまり 【余り】 ⓪ あんまり ⓪	不怎麼～（後接否定）（「あんまり」較為「口語」）★★

例 今日は　あ（ん）まり　暑く　ありません。
今天不怎麼熱。

いちいち 【一々・一一】 ②	一個一個

例 花瓶を　いちいち　数えて　ください。
請一個一個算花瓶。

いちばん 【一番】 ⓪ ②	①最～ ②一號　★★★

例 ①成績が　一番　いい　学生は　誰ですか。
成績最好的學生是誰呢？

②一番の電車に　乗りました。
搭乘了一號的電車。

いつも 【何時も】 ①	總是　★★★

例 私は　いつも　朝　六時に　起きます。
我總是早上六點起床。

おおぜい 【大勢】 ③	許多人　★

例 その　大学は　留学生が　大勢　います。
那所大學有很多留學生。

おととい 【一昨日】 ③	前天　★★

例 一昨日、伯母さんの　家へ　行きました。
前天去了伯母家。

おととし
【一昨年】 ②

| 前年 | ★★ |

例 一昨年、台湾に 来ました。
前年來到了台灣。

か行

▶ MP3-41

きのう
【昨日】 ②

| 昨天 | ★★★ |

例 昨日、雑誌を たくさん 買いました。
昨天，買了很多雜誌。

きょう
【今日】 ①

| 今天 | ★★★ |

例 今日、図書館へ 行きました。
今天去了圖書館。

きょねん
【去年】 ①

| 去年 | ★★★ |

例 弟は 去年、二十歳に なりました。
弟弟去年滿二十歲了。

けさ
【今朝】 ①

| 今天早上 | ★★ |

例 先生は 今朝、日本へ 帰りました。
老師今天早上回日本了。

ごご
【午後】 ①

| 下午 | ★★ |

例 午後、コーヒーを 一杯 飲みました。
下午喝了一杯咖啡。

ごぜん
【午前】 ①

| 上午 | ★★ |

例 午前中に、妹と 買い物に 行きました。
上午某段時間，跟妹妹去買東西了。

| ことし
【今年】 ⓪ | 今年 ★★★ |
| | 例 <ruby>今年<rt>ことし</rt></ruby>、どこかへ <ruby>旅行<rt>りょこう</rt></ruby>に <ruby>行<rt>い</rt></ruby>きますか。
今年，會去哪裡旅行嗎？ |

さ行

▶ MP3-42

すぐ（に） 【直ぐ（に）】 ①	①馬上，立刻 ②逼近 ★★★
	例 ①すぐ（に） <ruby>帰<rt>かえ</rt></ruby>って きて ください。 請馬上回來。 ②<ruby>本屋<rt>ほんや</rt></ruby>さんは <ruby>銀行<rt>ぎんこう</rt></ruby>の すぐ <ruby>左<rt>ひだり</rt></ruby>です。 書局就在銀行的左手邊。
すこし 【少し】 ②	稍微；一點 ★★★
	例 <ruby>英語<rt>えいご</rt></ruby>は <ruby>少<rt>すこ</rt></ruby>しだけ <ruby>話<rt>はな</rt></ruby>せます。 英語只會說幾句而已。

た行

▶ MP3-43

たいてい 【大抵】 ⓪	大體上；多半 ★
	例 <ruby>私<rt>わたし</rt></ruby>は <ruby>大抵<rt>たいてい</rt></ruby> <ruby>自転車<rt>じてんしゃ</rt></ruby>で <ruby>学校<rt>がっこう</rt></ruby>へ <ruby>行<rt>い</rt></ruby>きます。 我多半騎腳踏車上學。
たくさん 【沢山】 ③⓪	很多 ★★★
	例 <ruby>今朝<rt>けさ</rt></ruby>、<ruby>飲<rt>の</rt></ruby>み<ruby>物<rt>もの</rt></ruby>を たくさん <ruby>買<rt>か</rt></ruby>いました。 今天早上，買了很多飲料。

たぶん 【多分】 ①	大概；或許；恐怕	★★★

例 <ruby>多分<rt>た ぶん</rt></ruby> <ruby>大丈夫<rt>だいじょう ぶ</rt></ruby>です。
大概不要緊。

だんだん 【段々・段段】 ⓪③	逐漸，漸漸	★★

例 <ruby>九月<rt>く がつ</rt></ruby>に なると、だんだん <ruby>涼<rt>すず</rt></ruby>しく なります。
一到九月，就會漸漸轉涼。

ちょうど 【丁度】 ⓪	剛好；正好	★★

例 あと <ruby>二分<rt>に ふん</rt></ruby>で ちょうど <ruby>十二時<rt>じゅう に じ</rt></ruby>です。
再兩分鐘正好是十二點。

ちょっと 【一寸】 ①⓪	①稍微，有一點 ②一會兒	★★★

例 ①ちょっと びっくりしました。
　　有一點嚇到了。

　　②ちょっと <ruby>休<rt>やす</rt></ruby>んで ください。
　　請休息一會兒。

どうぞ ①	請	★★★

例 <ruby>お茶<rt>ちゃ</rt></ruby>を どうぞ。
請喝茶。

どうも ①	①實在是 ②謝謝（當感動詞用）	★★★

例 ①どうも すみません。
　　實在抱歉！

　　②どうも ありがとう ございます。
　　非常謝謝！

ときどき 【時々・時時】 ⓪	時常；偶爾 ★★	

例 <ruby>時々<rt>ときどき</rt></ruby> カラオケで <ruby>歌<rt>うた</rt></ruby>を <ruby>歌<rt>うた</rt></ruby>います。

偶爾會唱卡拉 OK。

とても ⓪	非常，相當 ★★★

例 この <ruby>公園<rt>こうえん</rt></ruby>は とても <ruby>綺麗<rt>きれい</rt></ruby>です。

這座公園非常美。

は行

▶ MP3-44

はじめて 【初めて・ 始めて】 ②	初次 ★★

例 <ruby>初<rt>はじ</rt></ruby>めて <ruby>会<rt>あ</rt></ruby>ったとき びっくりしました。

第一次見面時，嚇了一跳。

ま行

▶ MP3-45

まいあさ 【毎朝】 ①⓪	每天早上 ★★

例 <ruby>毎朝<rt>まいあさ</rt></ruby>、<ruby>朝<rt>あさ</rt></ruby>ご<ruby>飯<rt>はん</rt></ruby>を <ruby>作<rt>つく</rt></ruby>ります。

每天早上都做早餐。

まいしゅう 【毎週】 ⓪	每週 ★★

例 <ruby>毎週<rt>まいしゅう</rt></ruby>、<ruby>両親<rt>りょうしん</rt></ruby>に <ruby>電話<rt>でんわ</rt></ruby>します。

每週都打電話給父母親。

まいつき 【毎月】 ⓪	每個月（也說成「<ruby>毎月<rt>まいげつ</rt></ruby>」） ★★

例 <ruby>毎月<rt>まいつき</rt></ruby>、<ruby>本<rt>ほん</rt></ruby>を <ruby>十冊<rt>じゅっさつ</rt></ruby> <ruby>読<rt>よ</rt></ruby>みます。

每個月都看十本書。

（註：「十冊」這個漢字，其發音目前日本的小學課本標記為「じっさつ」，但是許多日本人仍習慣唸成「じゅっさつ」。）

まいとし 【毎年】 ⓪	毎年（也說成「毎年^{まいねん}」） ★★	
	例 両親^{りょうしん}は　毎年^{まいとし}、旅行^{りょこう}に　行^いきます。 父母親每年都去旅行。	

まいにち
【毎日】 ①

毎天 ★★★

例 毎日^{まいにち}、新聞^{しんぶん}を　読^よみます。
每天都看報紙。

まいばん
【毎晩】 ①⓪

毎天晚上 ★★

例 毎晩^{まいばん}、テレビを　見^みます。
每天晚上都看電視。

また
【又】 ⓪

再；又 ★★★

例 また　日本^{にほん}に　来^きて　ください。
請再來日本。

まだ
【未だ】 ①

還未；尚 ★★★

例 まだ　晩^{ばん}ご飯^{はん}を　食^たべて　いません。
還沒吃晚餐。

まっすぐ
【真っ直ぐ】 ③

筆直；直接 ★

例 この　道^{みち}を　真^まっ直^すぐ　行^いって　ください。
請沿著這條路直直走。

もう ⓪
①

①再；更加
②已經；馬上就要 ★★★

例 ①もう　一杯^{いっぱい}　下^{くだ}さい。
請再給我一杯。

②もう　七時^{しちじ}ですから、早^{はや}く　起^おきて　ください。
已經七點了，快起床。

| もっと ① | 再；更　　　　　　　　　　　★★★ |
| | 例 <u>もっと</u> 早^{はや}く 起^おきて ください。
請更早起床。 |

や行

▶ MP3-46

| ゆっくり ③ | ①慢慢地
②充分地　　　　　　　　　　★★ |
| | 例 ①<u>ゆっくり</u> 話^{はな}して ください。
請慢慢説。

②今晩^{こんばん}、<u>ゆっくり</u> 休^{やす}んで ください。
今晚，請好好休息。 |

| よく ① | ①好好地；仔細地
②常常，屢次　　　　　　　★★★ |
| | 例 ①<u>よく</u> 考^{かんが}えて ください。
請好好考慮。

②彼^{かれ}は <u>よく</u> 映画^{えいが}を 見^みに 行^いきます。
他常常去看電影。 |

ら行

▶ MP3-47

| らいげつ
【来月】 ① | 下個月　　　　　　　　　　　★★ |
| | 例 <u>来月^{らいげつ}</u>、一緒^{いっしょ}に 日本^{にほん}へ 行^いきましょう。
下個月，一起去日本吧！ |

らいしゅう 【来週】 ⓪

下週 ★★

例 来週、会社で 会いましょう。

下週，在公司碰面吧！

らいねん 【来年】 ⓪

明年 ★★

例 来年、一緒に 日本語を 勉強しましょう。

明年，一起學日文吧！

▶ MP3-48

	大概；左右	★★★
くらい・ぐらい ⓪	例 会社まで どれぐらい 掛かりますか。 到公司大概要花多少時間呢？	

	各〜，每〜	★
ずつ ①	例 漢字を 一日に 五つずつ 勉強して ください。 請一天學五個漢字。	

	只有	★★
だけ ⓪	例 稲田さんは 十分だけ 出席しました。 稲田先生只出席了十分鐘。 （註：「十分」這個漢字，其發音目前日本的小學課本標記為「じっぷん」，但是許多日本人仍習慣唸成「じゅっぷん」。）	

	……等（表示列舉）	★★
など ①	例 昼ご飯に 餃子や ラーメンなどを 食べました。 午餐吃了餃子、拉麵等。	

5-6
接頭語・
接尾語

新日檢 N5 當中，「接頭語・接尾語」占了 5.23%，其中「接頭語」的「お」舉足輕重，用法須多加留意；「接尾語」則大部分是「數量詞」（用來計算時間、數量……等），如「～個（～個）」、「～歲（～歲）」、「～分（～分鐘）」、「～時間（～小時）」……等，均為鞏固日語實力的基礎必考單字。

▶ MP3-49

お
【御】　[0]

您～；貴～；您的～（美化語，表示尊敬或禮貌）★★★

例　王さんは　今日　お休みですか。
王小姐您今天休假嗎？

▶ MP3-50

えん【円】 ①	～日圓　　　　　　　　　　★★★
	例 この　帽子（ぼうし）は　千円（せんえん）です。
	這頂帽子是一千日圓。

かい【回】 ①⓪	～回；～次　　　　　　　　★★
	例 一日（いちにち）に　二回（にかい）　歯（は）を　磨（みが）いて　ください。
	一天請刷兩次牙。

かい【階】 ①⓪	～樓；～層　　　　　　　　★★
	例 台所（だいどころ）は　二階（にかい）に　あります。
	廚房在二樓。

かげつ【ケ月】 ①	～個月　　　　　　　　　　★★
	例 夏休（なつやす）みは　二ケ月（にげつ）　あります。
	暑假有兩個月。

がた【方】 ②①	～們；各位～（表示複數，「人（ひと）」、「達（たち）」的美化語）★★
	例 先生方（せんせいがた）に　お会（あ）いしたいです。
	想拜會老師們。

がつ【月】 ②	～月　　　　　　　　　　　★★
	例 もうすぐ　十二月（じゅうにがつ）です。
	很快就要十二月了。

がる ①	覺得～；想～　　　　　　　★
	例 姉（あね）は　先生（せんせい）に　なりたがって　います。
	姊姊想當老師。

がわ【側】 ⓪	～側；～方面
	例 私（わたし）の　右側（みぎがわ）に　座（すわ）って　ください。
	請坐在我右邊。

こ【個】 ①	**〜個** ★★
	例 卵を 二個 下さい。 （たまご）（にこ）（くだ） 請給我兩顆蛋。
ご【語】 ⓪	**〜語** ★
	例 姉は 韓国語を 勉強して います。 （あね）（かんこくご）（べんきょう） 姊姊正在學韓語。
さい【歳・才】 ①	**〜歳** ★★★
	例 お祖母さんは 今年、何歳ですか。 （ばあ）（ことし）（なんさい） 奶奶今年幾歲呢？
さつ【冊】 ⓪	**〜冊；〜本** ★★
	例 図書館で 本を 三冊 借りました。 （としょかん）（ほん）（さんさつ）（か） 在圖書館借了三本書。
さん ① ⓪	（表示對人的尊稱）**〜先生；〜小姐** ★★★
	例 小林さんは いますか。 （こばやし） 小林先生在嗎？
じ【時】 ①	**〜點鐘** ★★★
	例 今、五時十五分です。 （いま）（ごじじゅうごふん） 現在，是五點一刻。
じかん【時間】 ⓪	**〜小時** ★★★
	例 昨日、五時間ぐらい 勉強しました。 （きのう）（ごじかん）（べんきょう） 昨天，讀了五個小時左右的書。
じゅう【中】 ⓪	**整〜；全〜** ★★★
	例 今日は 一日中 忙しかったです。 （きょう）（いちにちじゅう）（いそが） 今天忙了一整天。

しゅうかん 【週間】 ⓪①	**〜星期** ★★ 例 妹は 一週間、旅行に 行きました。 妹妹去旅行了一星期。
じん 【人】 ①	**〜人** ★★ 例 今朝、日本人が 会社に 来ました。 今天早上，日本人到公司來了。
すぎ 【過ぎ】 ②	**超過〜；過於〜** ★★ 例 もう 十二時過ぎです。 已經過十二點了。
だい 【台】 ①	**〜台；〜輛；〜架** ★★ 例 先週、カメラを 一台 買いました。 上週，買了一台相機。
たち 【達】 ①	**〜們** ★★ 例 私達は いい 友達です。 我們是好朋友。
ちゅう 【中】 ⓪	**正在〜中** ★★★ 例 今、仕事中です。 現在工作中。
ど 【度】 ①	**（表示次數）〜次；（表示溫度或角度）〜度** ★★ 例 今日は 何度ですか。 今天幾度呢？
にち 【日】 ①⓪	**〜日（天）** ★★ 例 もう一日 待って ください。 請再等一天。

にん【人】 [1]	～個人 ★★
	例 庭には 六人 います。
	院子裡有六個人。

ねん【年】 [1]	～年 ★★
	例 一年に 二回 日本へ 帰ります。
	一年回日本兩次。

はい【杯】 [1]	～杯 ★★
	例 コーヒーは 一日に 何杯 飲みますか。
	一天喝幾杯咖啡呢？

はん【半】 [1]	～半 ★★
	例 今、三時半です。
	現在，是三點半。

ばん【番】 [1]	～號 ★★
	例 六番の 方、どうぞ お入り ください。
	六號的客人，請進。

ひき【匹】 [2]	～隻 ★★
	例 庭に 犬が 五匹 います。
	院子裡有五隻狗。

ふん【分】 [1]	～分 ★★★
	例 今は 五時五分です。
	現在是五點五分。

ページ【page】 [0][1]	～頁 ★
	例 三ページを 開けて ください。
	請打開第三頁。

ほん 【本】 1	〜瓶；〜根；〜條；〜枝 ★★ 例 机の 上に 花瓶が 一本 あります。 桌上有一個花瓶。	

まい 【枚】 1	〜張；〜片；〜幅 ★★★ 例 昨日、絵を 二枚 買いました。 昨天買了兩幅畫。	

まえ 【前】 1	〜以前 ★★★ 例 九時前に 来て ください。 請在九點以前來。	

まん 【万】 1 0	〜萬 ★★ 例 この カメラは 百万円 掛かりました。 這台相機花了一百萬日圓。	

や 【屋】 1	〜店；〜鋪；或指從事某種職業的人 ★ 例 肉屋で 牛肉を 買いました。 在肉鋪買了牛肉。	

5-6
接頭語・接尾語

小專欄

「中^{ちゅう}」與「中^{じゅう}」

(A)「期間」或「數量詞」+「中^{ちゅう}」⇒ 強調的是「整段時間」或「數量」

　　當中的「某一部分」。

　　例如：今月中^{こんげつちゅう}（這個月當中的某個時候）、今週中^{こんしゅうちゅう}（這週當中的某個

　　　　　時候）、午前中^{ごぜんちゅう}（正午之前的某段時間）、冬休み中^{ふゆやすみちゅう}（寒假當

　　　　　中的某段時間）、三十人中^{さんじゅうにんちゅう}（三十個人當中的某些人）……。

(B)「動作性名詞」+「中^{ちゅう}」⇒ 表示「正在進行某事」。

　　例如：会議中^{かいぎちゅう}（會議中）、お話中^{はなしちゅう}（談話中）、仕事中^{しごとちゅう}（工作中）、

　　　　　準備中^{じゅんびちゅう}（準備中）……。

(C)「期間」或「地點」+「中^{じゅう}」⇒ 強調的則是「整體」。

　　例如：今週中^{こんしゅうじゅう}（整個星期）、一日中^{いちにちじゅう}（一整天）、一晩中^{ひとばんじゅう}（一整晚）、

　　　　　世界中^{せかいじゅう}（整個世界）、台湾中^{たいわんじゅう}（整個台灣）……。

5-7
其他

新日檢 N5 當中出題率相當高的「接續詞」、「接續助詞」、「連體詞」、「疑問詞」、「感嘆詞」，均在此作說明介紹。最後補充「基礎會話短句」，幫您逐步累積新日檢的應考實力。

▶ MP3-51

しかし 【然し・併し】 ②	但是;然而;話雖如此　　　　　★★
	例 彼女は　綺麗です。しかし　責任感が　ないです。 她很漂亮。但是沒有責任感。

じゃ・じゃあ ①	那麼;要是那樣的話（「では」的「口語」用法）
	例 じゃあ、さようなら。 那麼，再見！

そうして・ そして ⓪	然後;而且　　　　　★★★
	例 お風呂に　入りました。そして、晩ご飯を　食べました。 洗了澡。然後，吃了晚飯。

それから ⓪	接著;然後;還有　　　　　★★
	例 寿司、それから　蝦巻きを　下さい。 請給我壽司還有蝦捲。

それでは ③	那麼～就～　　　　　★★
	例 明日は　水曜日です。それでは、明後日は　木曜日ですね。 明天是週三。那麼，後天就是週四囉！

では ①	那麼;要是那樣的話　　　　　★★★
	例 では、明日　会いましょう！ 那麼，明天碰個面吧！

でも ①	但是;然而;話雖如此（「しかし」的「口語」用法）★★★
	例 一生懸命　勉強しました。でも　試験に　落ちました。 拚命地唸書了。但是，還是落榜了。

▶ MP3-52

ながら ⓪

一邊～一邊～；一面～一面～　★★

例　弟は　音楽を　聞きながら、本を　読みます。

弟弟一邊聽音樂，一邊看書。

▶ MP3-53

あの ⓪	那～（指距離對話雙方皆遠的人事時地物） ★★	

例 <u>あの</u> 女^{おんな}の子^こは 誰^{だれ}ですか。
那個女孩是誰啊？

おなじ 【同じ】 ⓪	一樣，相同 ★★★

例 私^{わたし}は 葉さんと <u>同^{おな}じ</u> 学校^{がっこう}の 学生^{がくせい}です。
我跟葉同學是同一所學校的學生。

この ⓪	這～（通常指距離說話者較近、聽話者較遠的人事時地物） ★★

例 <u>この</u> ネクタイが 好^すきです。
喜歡這條領帶。

こんな ⓪	這樣的；這種的（通常指距離說話者較近、聽話者較遠的人事時地物） ★★

例 <u>こんな</u> コートが 好^すきです。
喜歡這樣的外套。

その ⓪	那～（通常指距離說話者較遠、聽話者較近的人事時地物） ★★

例 <u>その</u> ビールは 六本^{ろっぽん}で 千円^{せんえん}です。
那種啤酒六瓶一千日圓。

どの ①	哪～ ★★

例 <u>どの</u> 幼稚園^{ようちえん}が いいですか。
哪家幼稚園好呢？

どんな ①	怎樣的 ★★

例 <u>どんな</u> コートが 好^すきですか。
喜歡怎樣的外套呢？

▶ MP3-54

いかが 【如何】 ②	如何；怎麼樣（「どう」的美化語） 例 コーヒーは いかがですか。 喝咖啡如何呢？
いくつ 【幾つ】 ①	幾個；多少；幾歲　　　　　　　★★★ 例 トマトは いくつ ありますか。 有幾顆番茄呢？
いくら 【幾ら】 ①	多少（價格、數量等）　　　　　★★★ 例 この 雑誌は いくらですか。 這本雜誌多少錢呢？
いつ 【何時】 ①	何時，什麼時候　　　　　　　　★★★ 例 夏休みは いつですか。 暑假是什麼時候呢？
だれ 【誰】 ①	誰；哪位；任何人　　　　　　　★★★ 例 青い シャツを 着て いるのは 誰ですか。 穿著藍襯衫的是誰呢？
どう 【如何】 ①	如何；怎麼樣　　　　　　　　　★★★ 例 この レストランの 料理は どうですか。 這家餐廳的菜如何呢？
どうして ①	為什麼（「何故」的「口語」用法）★★★ 例 どうして 泣いて いるのですか。 為什麼在哭呢？
どこ 【何処・何所】 ①	何處，哪裡　　　　　　　　　　★★★ 例 事務室は どこですか。 辦公室在哪裡呢？

5-7
其他

どちら □	何處，哪裡；哪個；哪位（「どこ」、「どれ」的美化語）	
	例 交番<ruby>は<rt>こうばん</rt></ruby> どちらに ありますか。 派出所在哪裡呢？	

どなた 【何方】 □	誰；哪位（「<ruby>誰<rt>だれ</rt></ruby>」的美化語）
	例 あの <ruby>方<rt>かた</rt></ruby>は どなたですか。 那位是誰啊？

どれ □	哪一～ ★★★
	例 あなたの <ruby>鉛筆<rt>えんぴつ</rt></ruby>は どれですか。 你的鉛筆是哪一枝呢？

なぜ 【何故】 □	為什麼
	例 <ruby>何故<rt>なぜ</rt></ruby> <ruby>泣<rt>な</rt></ruby>いて いるのですか。 為什麼在哭呢？

なに 【何】 □	什麼 ★★★
	例 <ruby>今朝<rt>けさ</rt></ruby>、<ruby>何<rt>なに</rt></ruby>を <ruby>食<rt>た</rt></ruby>べましたか。 今天早上吃了什麼呢？

なん 【何】 □	什麼 ★★★
	例 これは <ruby>何<rt>なん</rt></ruby>ですか。 這個是什麼呢？

▶ MP3-55

ああ ①	啊；哎呀（表示驚訝、讚嘆、喜悅、悲傷等）★★	
	例 <u>ああ</u>、びっくりしました。 哎呀！嚇了我一跳！	

あの・ **あのう** ⓪	那個⋯⋯；嗯⋯⋯（表示正在思考或猶豫而無法馬上說出下文）★★★	
	例 <u>あのう</u>、傘を 忘れないで。 那個，別忘了雨傘！	

いいえ ③ **いえ** ②	不；不是；不對 　　　　　　　　　　★★★	
	例 <u>いいえ</u>、違います。 不，不對。	

ええ ①	嗯（表示同意） 　　　　　　　　　　★★★	
	例 <u>ええ</u>、そうです。 嗯，是的。	

さあ ①	來（表示勸誘、催促，或是猶豫） 　　　★★	
	例 <u>さあ</u>、始めましょう。 來，開始吧！	

そう ①	是的；沒錯（表示同意）；是嗎？（表示驚訝或疑問）★★★	
	例 ああ、<u>そう</u>ですか。分かりました。 啊！是嗎？我知道了。	

はい ①	是的；有（用於點名時） 　　　　　　　★★★	
	例 <u>はい</u>、分かりました。 嗯，我知道了。	

もしもし ①	喂（用於打電話或叫住對方時） 　　　　★★★	
	例 <u>もしもし</u>、林さんは いますか。 喂！請問林小姐在嗎？	

5-7
其他

▶ MP3-56

| ありがとう。 | 謝謝！ |

| いただきます。 | 開動了！ |

| いらっしゃい（ませ）。 | 歡迎光臨！ |

| お邪魔^{じゃま}しました。 | 打擾了！ |

| お願^{ねが}い（します）。 | 拜託您了！ |

| お早^{はよ}う（ございます）。 | 早安！ |

| お休^{やす}み（なさい）。 | 晚安！（註：此句用於睡前。） |

| ご馳走^{ちそう}さま（でした）。 | 謝謝招待！ |

こちらこそ。	彼此彼此！
ごめん　ください。	有人在嗎？
ごめん（なさい）。	對不起！
こんにちは。	您好！
こんばんは。	晚安！
さよ（う）なら。	再見！
<ruby>失<rt>しつ</rt></ruby><ruby>礼<rt>れい</rt></ruby>します。	打擾了！ （註：此句可以用於進屋前。）
<ruby>失<rt>しつ</rt></ruby><ruby>礼<rt>れい</rt></ruby>しました。	打擾了！ （註：此句可以用於事情處理完畢，正要離開時。）

どうも　失礼しました。	失禮了！（註：與「ごめん（なさい）。」、「お邪魔しました。」用法類似。）
すみません。	抱歉！
では、お元気で。	請保重！
では、また。	那麼，再見！（註：此句用於較熟的人。）
どういたしまして。	不客氣！
どうぞ　よろしくお願いします。	請多指教！（註：此句可以用於初次碰面，或麻煩某人做某事時。）
どうも　ありがとうございます。	謝謝！
どうも　ありがとうございました。	謝謝您！

初めまして。
はじ

初次見面！

國家圖書館出版品預行編目資料

一本到位！新日檢N5滿分單字書 / 麥美弘著
-- 初版 -- 臺北市：瑞蘭國際, 2019.07
144面；17×23公分 --（檢定攻略系列；59）
ISBN：978-957-9138-22-2（平裝）
1.日語 2.詞彙 3.能力測驗

803.189   108010724

檢定攻略系列59

一本到位！新日檢N5滿分單字書

作者｜麥美弘
審訂｜佐藤美帆
責任編輯｜楊嘉怡、王愿琦、葉仲芸
校對｜麥美弘、楊嘉怡、王愿琦、葉仲芸

日語錄音｜彥坂はるの
錄音室｜采漾錄音製作有限公司
封面設計、版型設計｜劉麗雪
內文排版｜陳如琪

瑞蘭國際出版

董事長｜張暖彗・社長兼總編輯｜王愿琦
編輯部
副總編輯｜葉仲芸・主編｜潘治婷・主編｜林昀彤
設計部主任｜陳如琪
業務部
經理｜楊米琪・主任｜林湲洵・組長｜張毓庭

出版社｜瑞蘭國際有限公司・地址｜台北市大安區安和路一段104號7樓之一
電話｜(02)2700-4625・傳真｜(02)2700-4622・訂購專線｜(02)2700-4625
劃撥帳號｜19914152 瑞蘭國際有限公司
瑞蘭國際網路書城｜www.genki-japan.com.tw

法律顧問｜海灣國際法律事務所　呂錦峯律師

總經銷｜聯合發行股份有限公司・電話｜(02)2917-8022、2917-8042
傳真｜(02)2915-6275、2915-7212・印刷｜科億印刷股份有限公司
出版日期｜2019年07月初版1刷・定價｜250元・ISBN｜978-957-9138-22-2
　　　　　2024年04月三版1刷